KB198467

# 국어 교과서 작품 읽기

## 고등 소설㊤

# 국어 교과서 작품 읽기: 고등 소설(상)

초판 1쇄 발행 • 2010년 11월 22일
개정판 1쇄 발행 • 2013년 11월 25일
개정2판 1쇄 발행 • 2017년 12월 27일
최신 개정판 1쇄 발행 • 2024년 12월 20일

엮은이 • 서덕희 최은영
펴낸이 • 염종선
책임편집 • 정편집실 김도연
조판 • 한향림
펴낸곳 • (주)창비
등록 • 1986년 8월 5일 제85호
주소 • 10881 경기도 파주시 회동길 184
전화 • 031-955-3333
팩스 • 영업 031-955-3399 편집 031-955-3400
홈페이지 • www.changbi.com
전자우편 • ya@changbi.com


ISBN 978-89-364-3148-8 44810
ISBN 978-89-364-3146-4 (전4권)

# 국어 교과서 작품 읽기

## 고등 소설 ㊤

서덕희 · 최은영 엮음

창비

## '국어 교과서 작품 읽기'
## 최신 개정판을 펴내며

문학을 한 글자로 정의해야 한다면 '삶'이라 답할 수 있습니다. '시'에서는 화자가, '소설'에서는 서술자가, '수필'에서는 글쓴이가 직접 누군가의 삶을 들려주지요. 4차 산업혁명이라 불리는 시대를 따라가기도 벅찬데, 문학이 무슨 소용이냐고 말하는 이가 있습니다. 하지만 어떠한 혁명이나 기술에도 그 중심에는 '인간'이 있습니다. 심심하면 인공 지능과 대화를 나눌 수 있는 세상이 왔다고 하지만, 삶을 깊이 논할 친구를 만나는 기회는 여전히 귀합니다. 소셜 미디어를 통해 엿보는 여러 삶의 단편들은 때로 우리를 초라하게 만들지만, 문학은 타인의 삶을 더 깊이, 제대로 들여다보게 합니다. 갈래별 특성과 표현 방식을 이해하고 작품을 읽다 보면 거울처럼 나의 삶이 보이기도 합니다. 삶을 다루는 문학은 인간에 대한 이해와 공감을 불러일으키고, 더 나아가 사회와 역사를 보는 안목을 기르게 도와줍니다.

문해력 저하를 걱정하는 보도가 연일 이어지고 있습니다. 의식과 문화는 초고속으로 변하는데 여전히 어려운 한자어로 소통하는 기성세대가 문제다, 스마트 기기를 지나치게 많이 사용하는 청소년들이 문제다 하는 식으로 진단도 다양합니다. 해법은 어떤가요? 독서 습관 개선하기, 난도 높은 책 읽기, 한자 공부하기 등 여러 의견이 제시되지만 일관되게 적용하기란 어렵습니다. '글을 읽고 이해하는 능력'을 뜻하는 문해력은 단지 어휘력만을 뜻하지는 않습니다. 나무를 따로따로 보는 것이 아니라 숲 전체를 조망하는 능력이지요. 그러니 맥락이나 상황을 종합적으로 파악하는 훈련을 통해 차근차근 향상되는 것입니다. '국어 교과서 작품 읽기' 시리즈는 교과서에 실린 좋은 글들을 통해 학생들이 문학에 더 친근히 다가서고 문해력을 향상할 수 있도록 이끕니다.

'2022 개정 교육과정'이 시행됨에 따라 고등학교 국어 교과서가 『공통국어1』과 『공통국어2』로 개편되었습니다. 학기별로 학점을 이수하는 '고교 학점제'가 도입되면서 고등학교 학생들은 다양한 선택 과목을 통해 국어 학점을 이수하는데, 공통국어는 여전히 선택이 아닌 필수로 배우게 됩니다. '국어 교과서 작품 읽기' 최신 개정판은 새로 바뀐 공통국어 9종 교과서 총 18권에 실린 작품을 시, 소설, 수필·비문학으로 나누고 고등학생 수준에서 스스로 읽으며 재미를 느낄 수 있는 작품을 가려 뽑았습니다. 새 교육과정에 따른 성취 기준에 도달하도록 이끄는 도움 글, 작품마다 꼼꼼하게 붙인 단어 풀이, 내용 이해를 점검하는 활동과 창의력을 펼칠 수 있는 적용 활동, 작품의 맥락을 통해 문해력을 향상시키는 활동 등으로 구성했습니다. 새로 개정된 '국어 교과서 작품 읽기' 시리즈가 자양분이 되어 여러분이 튼튼한 나무로, 풍성한 숲으로 성장하기를 소망합니다.

『국어 교과서 작품 읽기: 고등 소설』(상·하)는 새로운 교육과정에 따른 『공통국어1』과 『공통국어2』 교과서에 수록된 소설들을 골라 엮었습니다. 9종의 교과서에 중복해서 실린 작품, 예술적인 완성도가 빼어난 작품, 다양한 독서 경험을 제공할 수 있는 작품들을 엄선했습니다. 상권에서는 다채로운 주제의식을 드러내는 최신 작품을 수록하여 깊이 있는 이해를 돕고, 하권에서는 문학사적인 평가가 높은 작품과 고전 작품을 수록하여 우리가 살아보지 못한 시대의 이야기를 들려줍니다. 교과서에서는 소설 전문을 싣지 못하는 경우가 많지만, 이 책에서는 소설 읽는 즐거움을 오롯이 누릴 수 있도록 단편소설 전문을 실었습니다. 중·장편소설의 경우에는 생략 부분 줄거리를 실어 작품 전체를 파악하도록 했습니다.

우리가 소설을 읽는 이유는 여러 가지입니다. 허구와 상상을 통해 재미를 얻기 위해서일 수도 있고, 자신이 생각해 보지 못했던 상황과 겪어 보지 못한 갈등이나 감정을 체험해 보기 위해서일 수도 있지요. 어떤 이유로 소설을 읽든 전체적인 줄거리를 잘 이해하고, 작품의 내용을 다양한 맥락에서 주체적으로 해석할 수 있다면 더할 나위 없이 좋은 감상일 겁니다. 이 책에서는 작품을 읽어 나가는 데 길잡이가 되어 줄 안내 글을 두어서 독서에 대한 낯섦이나 두려움을 한결 줄여 주고자 했습니다. 작품을 읽고 난 뒤에는 여러 활동을 통해 작품을 다시 한번 돌아보고 비판적·창의적으로 이해할 수 있도록 했고, 특히 어휘력을 기르고 문해력을 강화할 수 있는 활동에도 중점을 두었습니다. 아울러 서로 시대적 배경이 다른 소설을 비교하면서 읽어 보는 '엮어 읽기'를 두어 감상의 깊이를 더했습니다.

소설을 공부하는 일은 다양한 사람들이 모여 살아가는 이 사회를 공부하는 일과 같습니다. 이야기에 몰입해서 작품을 읽다 보면 타인의 생각을 이해하고 그의 입장이 되어 보기도 하면서 보편적인 가치관으로 세상을 바라보는 힘이 길러집니다. 공동체 속에서 타인과 함께 살아가는 삶에 대한 지혜를 배울 수 있지요. 이 책을 통해 좋은 문학 작품을 읽는 안목, 나아가 인간과 세상을 바라보는 넓은 시야를 키워 나갈 수 있기를 바랍니다.

2024년 12월

서덕희 최은영

# 차례

## 일러두기

1. '2022 개정 교육과정'에 따른 고등학교 검정 교과서 9종 『공통국어』 1, 2에 수록된 소설 중에서 가려 뽑은 총 13편을 상, 하로 나누어 실었습니다.
2. 작품이 수록된 단행본을 원본으로 삼았습니다.
3. 표기는 원문에 충실히 따르는 것을 원칙으로 하되 맞춤법과 띄어쓰기는 최대한 현행 표기법을 따랐습니다.
4. 본문 아래쪽에 낱말 풀이를 달았습니다.
5. 활동의 예시 답안은 창비 홈페이지(www.changbi.com)의 '도서 > 자료실 > 어린이 청소년 자료실'에 있습니다.

# 노찬성과 에반

김애란

金愛爛(1980~ ) 소설가.
충남 서산에서 자랐다. 한국예술종합학교 연극원 극작과를 졸업했다. 2002년 단편 「노크하지 않는 집」으로 제1회 대산대학문학상을 수상하고 같은 작품을 2003년 『창작과비평』 봄호에 발표하며 작품 활동을 시작했다. 소설집 『달려라, 아비』 『침이 고인다』 『비행운』 『바깥은 여름』, 장편소설 『두근두근 내 인생』 『이중 하나는 거짓말』 등을 썼다. 한국일보문학상, 이효석문학상, 오늘의 젊은 예술가상, 신동엽창작상, 김유정문학상, 젊은작가상 대상, 한무숙문학상, 이상문학상, 동인문학상, 오영수문학상 등을 수상했다.

## 들어가며

웰다잉(well-dying)은 품위 있고 존엄하게 생을 마감하는 일을 이르는 말입니다. 고령화와 1인 가구 증가 등에 따라 '잘 사는 법'만큼이나 '잘 죽는 법'에 대한 관심이 높아지고 있습니다. 죽을 권리를 박탈당했다는 비판이 제기되면서 연명 자체를 위한 의료에 브레이크가 걸린 지 얼마 되지 않았어요. 우리나라는 2018년부터 연명의료결정제도가 시행되면서 사전연명의료의향서를 통해 죽음에 대한 자기 결정권을 확보할 수 있게 되었답니다.

또한 세 집 걸러 한 집에서 반려동물을 기르는 시대가 되었어요. 존엄한 생명체로서 동물이 가지는 권리를 보호하기 위한 동물 보호법에 따라 동물에 대한 적극적 안락사를 허용하고 있습니다. 회복될 수 없거나 지속적으로 고통받으며 살아야 하는 상태로 진단된 동물의 경우, 마취제를 투여하여 고통 없이 죽음에 이르도록 하는 겁니다. '잘 죽는 법'은 모든 생명에게 '잘 사는 법'만큼이나 매우 중요한 것인가 봅니다.

열 살 때 석연치 않은 사고로 아버지를 잃은 '노찬성'은 할머니의 반대에도 불구하고 유기견을 데려와 형 역할을 자청합니다. 외로웠던 아이가 처음으로 따뜻한 생명체와 교감하며 지내게 된 것이죠. 하지만 인간보다 훨씬 빠른 생체 시계를 지닌 '에반'은 늙고 병들어 죽음을 앞두고 있습니다. 겨우 안락사 비용을 마련했을 때, 하필 휴대전화를 갖게 된 찬성은 「터닝메카드」 캐릭터가 그려진 휴대전화 케이스를 사고 싶습니다. 만약 여러분이라면 이럴 때 어떤 선택을 하실래요?

이 작품은 어린 찬성이 늙은 반려견 에반과 함께 살아가다가 이별하는 이야기로, 진정한 반려 관계와 책임감이란 어떤 것인지를 돌아보게 합니다. 삶에서 만나는 소중한 관계와 책임이란 무엇일지 작품을 읽으며 함께 생각해 볼까요?

두 해 전 찬성은 아버지를 여의고 여름 방학을 맞았다. 찬성의 아버지는 갓길에서 사고를 당했다. 찬성은 할머니로부터 아버지의 트럭이 전복돼 아버지와 함께 불탔다는 얘기를 들었다.

한동안 집에 낯선 사람이 오갔다. 찬성은 마룻바닥에 누워 플라스틱 경찰차를 만지는 척하며 어른들 대화를 엿들었다. 옆으로 고개를 틀 때마다 끼익— 끼익— 소리를 내는 선풍기가 '약관'이나 '고의' '증거' 같은 말을 나른하게 실어 왔다. 집 밖에선 매미가 울었다. 방문객 중 한 사람이 찬성의 아버지가 '우연히 돌아가신 게 아니'라 했다. 정확히 그런 식으로 말한 건 아니나 찬성은 그렇게 이해했다. 보험금은 한 푼도 나오지 않았다.

길고 무더운 여름이었다.

찬성은 K시의 한 고속도로 휴게소 근처에 살았다. 이웃이라 해 봐야 산자락에 띄엄띄엄 박힌 농가 몇 채가 전부인 동네였다. 찬성의 할머니는 휴게소 분식 코너에서 일했다. 급식이 끊기는 방학마다 찬성은 휴게소에 들러 자주 끼니를 때웠다. 초등학생 걸음으로 사십 분 걸려 도착한 곳에서 오 분 만에 그릇을 비우고 다시 집으로 걸어갔다. 할머니는 찬성에게 식대 겸 용돈으로 매일 이천 원씩 줬다. 날이 궂거나 곧장 집에 가기 싫을 때 찬성은 등나무 그늘 아래 벤치에 앉아 관광객 흉내를 냈다. 그러면 자기도 그곳에 들른 사람, 잠깐 쉬는 사람, 이제 막 먼 데서 돌아왔거나 떠날 사람이 된 기분이 들었다. 그래서 어느 땐 거기 몇 시간씩 앉아 있곤 했다. 날은 후텁지근하고, 방학은 길고, 그해 여름은 왠지 모든 게 지겨웠으니까.

휴게소에서 월급을 받기 전, 찬성의 할머니는 졸음 쉼터에서 몇 년간 커피를 팔았다. 갓길을 확장한 형태의 주차 공간에 이동식 화장실과 녹슨 운동 기구가 놓인 곳이었다. 연일 계속되는 폭우로 도로에 물안개가 일고, 황사가 눈을 가려도 할머니는 늘 같은 자리에 앉아 손님을 기다렸다. 그 시절 찬성은 인생의 중요한 교훈을 몇 가지 깨달았는데, 돈을 벌기 위해선 인내심이 필요하다는 것과 그 인내가 무언가를 꼭 보상해 주진 않는다는 점이었다. 찬성은 그곳에서 새소리와 바람 소리, 자동차 배기가스와 어른들의 하품을 먹고 자랐다. 환한 대낮, 차 안에서 일제히 잠든 이들은 모두 피로에 학살당한 것처럼 보였다. 혹은 졸음 쉼터 자체가 자동차 묘지 같았다. 찬성이 떼를 쓰거나 큰 소리로 울면 할머니는 입술에 손을 대며 무섭게 다그쳤다. 당시 찬성이 맡은 가장 중요한 일은 잘 크는 것도 노는 것도 아닌, 어른들의 잠을 깨우지 않는 거였다.

저물녘, 지평선 너머 끝없이 펼쳐진 아스팔트 위로 붉은빛이 번지면 할머니는 스스로 하루 노고를 치하하듯 담배를 꺼내 물었다. 능숙한 폼으로 고개 숙여 담배에 불을 붙인 뒤 "주여, 저를 용서하소서……." 했다.

—할머니, 용서가 뭐야?

아이스박스 캐리어 옆에서 흙장난을 치던 찬성이 물었다.

—없던 일로 하자는 거야?

할머니는 대답 대신 볼우물이 깊게 패게 담배를 빨았다. 담배 연기가 질 나쁜 소문처럼 순식간에 폐 속을 장악해 나가는 느낌을 만끽했다. 그 소문의 최초 유포자인 양 약간의 죄책감과 즐거움을 갖고서였다.

—아님, 잊어 달라는 거야?

찬성이 채근하자 할머니는 강마른* 손가락으로 담뱃재를 바닥에 톡톡 털며 무성의하게 대꾸했다.

—그냥 한번 봐 달라는 거야.

저녁마다 두 사람은 마당 한쪽에 연결된 수도 앞에서 몸을

* 강마르다 물기가 없이 바싹 메마르다.

씻었다. 손에 비누 거품을 충분히 내 목덜미와 귓바퀴, 콧구멍 속 매연을 닦아 냈다. 할머니는 기미 낀 얼굴에 로션을 찍어 바른 뒤 안방에 두꺼운 요 두 채를 폈다. 그러곤 이불 위에 앉아 그날 번 돈을 세며, 아직 초등학교에도 들어가지 않은 찬성에게 물었다.

—너, 대학에는 안 갈 거지? 그렇지?

찬성이 이불 위에 누워 티브이 만화 주제가를 흥얼거리다 답했다.

—그게 뭔데?

할머니는 찬성을 지그시 바라보다 "그러게 말이다." 하고 딴청을 피웠다.

시골 밤은 길고 지루했다. 할머니는 전기세를 아낀다며 초저녁부터 집의 모든 불을 끄고 잠자리에 들었다. 찬성은 할머니가 코 고는 소리를 들으며 눈꺼풀이 무거워질 때까지 천장을 바라봤다. 그러다 어느 땐 하도 심심해 어둠 속에서 혼자 작은 손을 고물거려 무언가 만들어 냈다. 엄지를 쫑긋 세운 뒤 나머지 손가락을 두 개씩 붙여 제 몸에서 개 한 마리를 불러냈다. 도베르만이나 셰퍼드를 닮은 경비견이었다.

'이럴 때 나도 스마트폰 있으면 좋은데.'

찬성은 아버지가 휴대전화 손전등 기능을 이용해 천장에 빛을 쏜 걸 기억했다. 벽에 비친 개 그림자는 그 빛으로 만든 거였다. 찬성이 두 쌍의 손가락을 벌렸다 오므리며 개 짖는 시늉을 했다. 빛이 없어 자기 그림자를 갖지 못한 작은 개가 찬성의 손목 아래서 자꾸 소리 없이 짖어 댔다.

하루 또 하루가 갔다. 담장 밖 개구리 울음은 매미 소리로, 다시 귀뚜라미 소리로 바뀌었다. 할머니는 이따금 찬성 뺨에 볼을 비비며 '우리 강아지'라 했다. 평소 스킨십에 인색한 할머니의 포옹이 어색하고 반가워 찬성은 애매하게 웃었다.

— 우리 강아지, 얼른 자라라. 어서 커서 할머니한테 효도해야지?

잠이 오지 않을 때 찬성은 어둠 속 빈 벽을 바라보며 자주 잡생각에 빠졌다. 그럴 땐 종종 할머니가 일러 준 '용서'라는 말이 떠올랐다. 없던 일이 될 수 없고, 잊을 수도 없는 일은 나중에 어떻게 되나. 그런 건 모두 어디로 가나. 하나님은 어째서 할머니를 자꾸 봐주나. 둘이 친한가 하고. 한 해 또 한 해가 갔다. 할머니는 졸음 쉼터에서 휴게소로 일터를 옮겼고, 찬성 또한 훌쩍 자라 아무 데서나 울지 않는 소년이 됐다. 그렇지만, 그렇다 한들 아버지가 돌아가셨을 때 울지 않을 도리가 없는 열 살이 됐다.

*

찬성이 그 개와 처음 만난 건 아버지를 여의고 한 달쯤 지나서였다. 찬성은 할머니가 일하는 고속도로 휴게소에서 그 개를 봤다. 개는 남자 화장실 옆 화단의 철제 울타리에 묶여 있었다. 여러 피가 섞여 정확히 어떤 종이라 말하기 어려운 작고 흰 개였다. 개는 네발로 꼿꼿이 선 채 도로 끝 한 점을 뚫어져라 응시했다. 마치 그러면 자신에게 일어난 일을 이해할 수 있기나 한 듯. 철제 울타리와 개 사이의 목줄이 끊어질 듯 팽팽했다. 찬성은 개를 슬쩍 한 번 쳐다본 뒤 그 앞을 무심히 지나쳤다. 그리고 할머니가 일하는 분식 코너로 점심을 먹으러 갔다.

같은 날 저녁, 찬성은 휴게소 안 패스트푸드 가게에서 여름 방학 특가 상품으로 나온 주니어세트를 먹었다. 하루에 두 번이나 휴게소에 오는 일은 드문데, 찬성에게 갑자기 약 심부름을 시킨 할머니가 미안해하며 사 준 거였다. 찬성은 햄버거를 다 먹은 뒤 콜라가 담긴 종이컵을 들고 밖으로 나왔다. 그러곤 등나무 벤치로 가다 낮에 본 흰 개가 여전히 화단에 묶여 있는 걸 봤다. 개는 반나절 사이 꽤 풀이 죽어 있었다. 기품 어린 자세로 먼 곳을 보던 모습은 간데없고 시무룩한 얼굴로 귀와 꼬리를 늘어뜨린 채 엎드려 있었다. 검은 눈동자 안에는 주인을 향한 미움이나 원망보다 '내가 뭘 잘못한 걸까.' 하는 질문과 자책이 담겨 있었다. 전에도 찬성은 그런 개를 본 적 있었다. 한밤중 갓길에 버려진 뒤 앞차를 향해 죽어라 달려가던 개들이었다.

'적어도 차에 치여 죽지는 말라고 여기 묶어 놨나 보다.'

찬성은 휴게소에 남겨진 개들이 어디로 가는지 알고 있었다. 운이 나쁠 경우 어떻게 되는지도. 안타깝긴 하지만 찬성은 그 개도 어른들의 손에 맡길 생각이었다.

'그 전에,'

찬성이 혀를 내민 채 가쁜 숨을 몰아쉬는 흰 개를 내려다봤다.

'물이라도 좀 주자.'

찬성이 개에게서 시선을 떼지 않은 채 컵에 남은 콜라를 끝까지 쪽 빨아 먹었다. 그러곤 플라스틱 뚜껑과 빨대를 휴지통에 버린 뒤 컵에 손을 집어넣었다.

—……?

흰 개가 물끄러미 찬성을 올려다봤다. 살짝 경계하는 눈치이나 눈에 힘이 없었다. 찬성이 용기 내어 한 걸음 더 다가갔다. 흰 개가 찬성 주위를 빙그르르 돌며 찬성의 몸 냄새를 맡았다. 그러곤 뭔가 결심한 듯 찬성의 손바닥에 코를 대고 킁킁대다 혀를 내밀어 얼음을 핥았다. 순간 물컹하고, 차갑고, 뜨뜻미지근하고, 간지럽고, 부드러운 뭔가가 찬성을 훑고 지나갔다. 난생처음 느껴 보는 감각이었다. 찬성이 두 눈을 깜빡였다. 이윽고 개가 얼음을 날름 입에 넣더니 와삭와삭 씹었다. 와사삭— 와삭— 청량하게 얼음 부서지는 소리가 찬성 귀에까지 다 들렸다.

찬성이 자기 손바닥을 가만 내려다봤다. 얼음은 사라지고 손에 옅은 물 자국만 남아 있었다. 동시에 찬성의 내면에도 묘한 자국이 생겼는데 찬성은 그게 뭔지 몰랐다. 개가 희고 긴 속눈썹을 치켜올려 찬성을 바라봤다. 찬성이 서둘러 컵에 다시 손을 넣었다. 두 해 전 일이다.

*

—에반.

찬성은 그 개를 그렇게 불렀다.

—왜 그래, 에반. 어디 아파?

사람 나이로 치면 이미 칠순을 넘긴 노견에게 찬성은 형 노릇을 했다. 찬성은 어쩐지 에반이 자기보다 오래 산 동생, 살면서 이미 많은 걸 경험한 동생처럼 느껴졌다. 찬성이 처음 "에반." 하고 불렀을 때 에반은 딴 곳을 봤다. 당연했다. 그건 자기 이름이 아니었으니까. 찬성은 서운해 않고 에반을 어루만졌다. 에반에게 자기가 모르는 삶과 역사가 있다는 걸 인정하려 애썼다. 그래도 어느 땐 에반의 과거가 너무 궁금했다. 전에는 어떤 이름으로 불렸을까? 주인은 좋은 사람이었을까? 살면서 어디까지 가 봤을까? 나보단 멀리 가 봤겠지? 멋진 영화나 드라마에 나오는 것처럼 주인과 해변도 막 달리고 그랬을까? 그때를 기억할까? 그걸 안다는 건 좋은 걸까? 그렇다면 이젠 어디로 가고 싶을까?

할머니는 에반을 보자마자 성가셔했다. 개 한 마리 키우는 건 사람 한 명 기르는 일과 같은 공이 든다며 고개를 내저었다.

—하긴 사람을 키워 봤어야 알지.

할머니가 살짝 혐오 어린 눈으로 에반을 바라봤다.

—게다가 엄청 늙었잖니?

—얘가 늙었어?

—그래, 저 이빨 봐라. 사람이건 짐승이건 털 빠지고 이 나가면 끝난 거야. 넌 그런 것도 모르면서 개를 키우겠다 하니?

찬성이 '그런가?' 하는 표정으로 에반 등을 쓰다듬었다. 짧고 뻣뻣한 게 정말 털에 윤기가 하나도 없었다.

—두말할 거 없고, 내일 도로 갖다 놔.

찬성의 얼굴에 실망하는 빛이 스쳤다.

—안 그러면 안 돼?

할머니는 찬성과 눈도 마주치지 않고, 방바닥에 쌓인 개털을 유리 테이프로 찍어 냈다.

—집에 개가 있으면 도둑이 안 들 거야, 할머니.

—시끄러. 내가 내 손자 밥도 잘 못 챙겨 주는데. 이 나이에 개 수발을…… 어휴, 똥오줌은 또 어쩌고.

보드라운 뺨과 맑은 침을 가진 찬성과 달리 할머니는 늙는 게 뭔지 알고 있었다. 늙는다는 건 육체가 점점 액체화되는 걸

뜻했다. 탄력을 잃고 물컹해진 몸 밖으로 땀과 고름, 침과 눈물, 피가 연신 새어 나오는 걸 의미했다. 할머니는 집에 늙은 개를 들여 그 과정을 나날이 실감하고 싶지 않았다.

—밥은 그냥 우리 먹고 남은 거 주면 되잖아, 응?

할머니가 방바닥에 유리 테이프를 험하게 찍으며 "이 시부랄 놈의 개털, 끝이 없네!" 구시렁거렸다. 할머니가 꿈쩍 않자 다급해진 찬성은 결국 어떤 말을 내뱉고 말았는데, 그 말을 하고 본인도 깜짝 놀랐다. 그러니까 에반을…… 자기가 '책임'지겠다 한 거였다. 태어나 처음 해 본 말이었다.

그즈음 찬성은 자주 악몽에 시달렸다. 할머니가 찬성에게 '이제 너도 다 컸으니 혼자 자라.'며 아버지가 쓰던 방을 내어 주고부터였다. 찬성은 매번 비슷한 꿈을 꿨다. 소형 냉장 트럭이 자신에게 달려드는 꿈이었다. 트럭 안에는 털 뽑힌 식용 생닭이 가득 실려 있었다. 트럭은 캄캄한 도로를 질주하다 중앙선 위 찬성을 발견하고 급커브를 했다. 그러곤 곧 중심을 잃고 갓길 아래 낭떠러지로 고꾸라졌다. 절벽 아래서 폭발음과 함께 거대한 불길이 치솟았다. 찬성은 갓길 주변을 초조하게 서성였다. 저기, 아직 사람이 있는데. 내가 아는 사람 같은데. 주위에 모여든 구경꾼들은 '어디서 자꾸 맛있는 냄새가 난다.'고 했다. 찬성이 어른들을 향해 '도와달라.' 소리쳤다. 그러면 어디선가 할머니가 나타나 입술을 손에 대며 "쉿." 소리를 냈다. 다정한 목소리로 “울지 마라, 울지 마라, 아가.” 하고 찬성을 다독였다.

—네가 울면,

—…….

—손님들이 깨잖니.

에반을 집에 들인 날 찬성은 오랜만에 어떤 꿈도 꾸지 않고 깊이 잤다. 찬성은 에반이 자길 지켜 줬다고 생각했다. 언젠가 에반에게 무슨 일이 생기면 자기도 에반을 꼭 보호해 줘야겠다고 다짐했다. 그 뒤 찬성과 에반은 늘 같이 잤다. 찬성은 누군가와 꼭 껴안고 자는 기분이 어떤 건지 처음 알았다. 에반의 따뜻하고 작은 몸통이 들숨 날숨을 따라 순하게 오르내리는 것만 봐도 평화로운 기분이 들었다. 찬성은 에반의 말랑말랑한 발바닥을 조몰락거리며 자주 혼잣말을 했다.

—있잖아, 에반. 이것 봐라. 많이 모았지? 삼만 원도 넘어. 어디에 쓸 거냐고? 으응, 나중에 커서 언젠가 이곳을 떠나게 되면 그때 나도 휴게소에 들러 커피나 한잔하려고.

에반은 자기 다리에 턱을 괴고 누워 눈꺼풀을 천천히 여닫다 먼저 잠들었다. 그래도 찬성의 수다는 밤새 이어졌다.

—너, 골육종*이 뭔지 아니? 무슨 선인장 이름 같지? 그런 게

* **골육종** 종양 세포에 의하여 뼈조직이나 풋뼈 조직에 만들어지는 악성 종양. 주로 무릎 관절부에 생기는데 폐와 같은 부위에 전이하는 경우가 많다.

있대. 우리 아빠가 그 병에 걸리지 않았다면 나도 몰랐을 거야.

하루 또 하루가 갔다. 인간 시계로 이 년. 개들 시력(時歷)으로 십 년이 흘렀다. 찬성과 에반은 어느새 서로 가장 의지하는 존재가 됐다. 비록 움직임이 굼뜨고 귀가 어두웠지만 에반은 여느 개처럼 공놀이와 산책을 좋아했다. 찬성이 보푸라기 인 테니스 공을 멀리 던지면 에반은 찬성의 눈앞에서 사라졌다 반드시 공과 함께 다시 나타났다. 무언가 제자리에 도로 갖고 오는 건 에반이 잘하는 일 중 하나였다. 찬성은 때로 에반이 자기에게 물어다 주는 게 공이 아닌 다른 것처럼 느껴졌다. 그리고 공인 동시에 공이 아닌 그 무언가가 자신을 변화시켰다는 걸 알았다.

그런데 에반이 요즘 좀 이상했다.

*

할머니는 밤 10시 넘어 집에 들어왔다. 한 손에 검은 비닐봉지를 들고서였다.

—전자레인지에 돌려 먹어.

찬성이 봉지 안을 들여다봤다. 은박지 사이로 설탕 입힌 통감자가 보였다. 찬성이 퇴근한 할머니 뒤를 졸졸 좇았다.

—할머니, 에반이 좀 이상해.

—지금 안 먹을 거면 냉장고에 넣어 두든가.

할머니가 평소 휴대품을 넣고 다니는 손가방을 안방 바닥에 던지듯 내려놓았다.

—할머니, 에반이 밥을 안 먹어.

—늙어서 그래, 늙어서.

—있지, 내가 공을 던져도 움직이지 않아. 걷다 자꾸 주저앉고.

—늙어서 그렇다니까.

할머니는 모든 게 성가신 듯 팔을 휘저었다. 그러곤 끄응 소리를 내며 바닥에 이부자리를 폈다.

—저거 봐, 저렇게 자기 다리를 자꾸 핥아. 하루 종일 저래. 아까는 내가 다리를 만졌더니 갑자기 나를 물려고 했어.

할머니가 요 위에 누우려다 말고 상체를 들어 찬성을 봤다.

—아니, 진짜로 문 건 아니고 무는 시늉만 했어.

할머니가 눈을 감은 채 이마에 팔을 얹었다.

—할머니, 에반 데리고 병원 가 봐야 되는 거 아닐까?

—쓸데없는 소리 말고 가서 자. 사방에 불 켜 두지 말고.

할머니의 반팔 소매에 엷은 김치 국물이 묻어 있었다. 찬성이 할머니 옆에 앉지도 서지도 못한 채 주춤거렸다.

—할머니, 에반 병원 데려가야 할 것 같다고.

할머니가 버럭 소리를 질렀다.

—무슨 개를 병원에 데리고 가. 사람도 못 가는걸. 그러니까

내가 개새끼 도로 갖다 놓으라 했어 안 했어? 할머니 화병 나기 전에 얼른 가서 자. 개장수한테 백구 팔아 버리기 전에. 얼른!

—백구 아니야!

찬성이 전에 없이 큰 소리를 냈다.

—뭐?

그러곤 이내 말끝을 흐리며 소심하게 답했다.

—에반이야.

할머니가 한숨을 쉬며 찬성에게 얼른 나가라고 손짓했다. 찬성도 뭐라 더 말 못 하고 제 방으로 돌아왔다. 찬성은 어두운 방 안에 누워 천장을 바라봤다. 그러곤 한참 뒤 플라스틱 경찰차 속에 숨겨 둔 삼만 원을 꺼내 지갑에 넣었다.

*

—어디가 불편해서 왔니?

동물병원 의사가 물었다.

—에반이 아픈 것 같아서요.

—이 녀석 이름이 에반이니?

—네, 「터닝메카드」에 나오는 메카니멀 이름이에요.

—그래?

의사가 직업적인 미소를 지었다. 지방 신도시 아파트 상권에선 무엇보다 평판과 소문이 중요했다.

—네! 제가 제일 좋아하는 캐릭터예요. 에반은 원래 터닝카인데 메카드를 향해 슈팅하면 메카니멀로 변해요.

의사는 찬성의 말을 거의 알아듣지 못했지만 차트를 보며 노련하게 화제를 돌렸다.

—그리고 너는…… 노찬성이고?

—네? 네…….

찬성이 기어들어 가는 목소리로 대답했다. 성과 이름이 같이 불릴 때 좋은 일이 일어난 경우는 거의 없었다. 교무실에서도 그렇고, 아버지가 입원한 종합병원에서도 그랬다.

—그래서 결국 찬성한다는 거야? 반대한다는 거야?

찬성은 그런 얘기는 너무 자주 들은 데다 이젠 정말 식상해 대답하기 귀찮다는 듯 어깨를 들썩였다.

—선생님 농담이 재미없다는 의견에는 찬성이에요.

의사가 다시 마른 웃음*을 지었다.

—음…… 그런데 견주*가 노찬성으로 되어 있네? 너 혼자 왔니? 부모님은?

에반은 긴장한 티가 역력했다. 병원 특유의 소독약 냄새와 선득한 기운이 에반을 불편하게 만드는 것 같았다. 의사는 에반의

* 마른 웃음 마음에 없이 건성으로 지어지는 웃음.
* 견주 개 주인.

다리를 보자마자 살짝 놀라며 "어이쿠, 많이 아팠겠는데?"라고 했다. 이 정도면 다른 곳까지 종양이 퍼졌을 확률이 높다고.

—종양이요?

—그래, 암.

—암이요? 개도 암에 걸려요?

—그럼.

찬성은 암이 뭔지 알고 있었다. 암과 관련된 냄새랄까 비명, 그리고 진이 빠진 얼굴을.

—자세한 건 검사 결과를 봐야 알 테지만 상황이 안 좋은 건 사실이야.

—검사요?

—응. 피도 뽑고 사진도 찍고.

—그게…… 다 하면 얼만데요?

—뭐 검사하기 나름인데. 제대로 하려면 돈이 많이 들 거야. 내일 부모님 모시고 다시 올래?

찬성이 바지 주머니 속 지갑을 표 안 나게 만지작거렸다.

—그럼 선생님 마음대로 어떤 검사는 하고 어느 건 안 할 수도 있는 거예요?

—뭐, 말하자면.

—그럼 저…… 삼만 원, 아니 이만오천 원어치만 검사해 주세요.

집으로 가는 길, 찬성의 얼굴이 어두웠다. 버스 창문 밖으로 8월의 무자비한 초록이 태연하게 일렁이는 게 보였다. 햇빛도 바람도 그대로인데 갑자기 다른 세상에 온 기분이었다. 몇십 분 사이에 같은 풍경이 전혀 달라질 수 있다는 사실이 놀라웠다.

'아빠도 그랬을까?'

찬성이 고개 숙여 에반을 바라봤다. 에반은 찬성의 무릎에 앉아 미세한 버스 진동을 느끼며 꾸벅 졸고 있었다. 찬성은 의사에게 들은 얘기를 하나하나 되짚었다. '수술을 해도 좋고, 안 해도 좋다.'는 게 무슨 뜻인지 곰곰 생각했다. 이럴 땐 자신이 무얼 하면 좋을지 알 수 없었다. 찬성이 문득 차고 축축한 기운을 느끼고는 아래를 살폈다. 자신의 베이지색 반바지에 테니스 공만 한 고동색 얼룩이 보였다. 얼룩은 불완전한 모양의 원을 그리며 점점 크게 번졌다.

—왜 그래, 에반. 너 안 그랬잖아.

찬성이 에반 귀에 속삭였다. 에반을 나무라기보다 주위에 해명하는 말이었다. 여름이라 버스 안에 비릿한 지린내가 금방 퍼졌다. 조금만 참을까 하다 찬성은 목적지를 두 정거장이나 남겨두고 버스에서 내렸다. 찬성이 논둑길에 에반을 내려놓고 다정하게 말했다.

—에반, 조금만 걸어 봐. 응?

에반은 땅바닥에 바싹 엎드린 채 꿈쩍하지 않았다. 찬성은 할 수 없이 에반을 가슴에 안고 어스름 땅거미 진 논둑길을 걸었다. 삼복더위에 개를 안고 걷다 보니 몇 분 만에 티셔츠가 흠뻑 젖었다.

—다 왔어, 조금만 참아.

병원에서 에반의 청력이 약해졌다는 얘기를 들은 터라 평소보다 목청을 돋웠다. 여기저기 머리를 잘 부딪친다니 시력도 분명 나빠졌을 거라 했다. 문득 안쓰러운 마음이 일어 찬성이 에반의 정수리를 가만 쓰다듬었다. 에반의 입꼬리가 희미하게 올라갔다. 반대로 눈꼬리는 부드럽게 처져 사람이 웃는 것처럼 보였다. 찬성이 고개 들어 남은 거리를 살폈다. 미지근한 논물 위로 하루살이 떼가 둥글게 뭉쳐 비행했다. 마치 허공에 시간의 물보라가 이는 것 같았다. 곧 에반 밥 먹일 시간이라 찬성이 걸음을 재촉했다.

그날 밤 할머니는 자정 넘어 집에 들어왔다. 할머니는 마루에 올라서자마자 호주머니에서 랩으로 싼 버터구이오징어를 꺼내 찬성에게 내밀었다.

—백구 주지 말고 너만 먹어. 주려거든 머리만 떼어 주든가.

—할머니 술 마셨어?

찬성은 할머니에게서 술기운과 더불어 향수 냄새가 나는 걸 느꼈다. 할머니는 대답 대신 나일론 소재의 천 가방에서 담뱃갑을 꺼냈다. 그러곤 한 대 남은 담배를 집어 불을 붙인 뒤 한숨 쉬듯 작게 중얼거렸다.

— 주여, 저를 용서하소서…….

찬성은 에반을 데리고 혼자 병원에 다녀온 이야기를 할머니에게 할까 말까 망설였다.

— 내일 일요일인데 술 마시면 어떻게 해? 교회 안 가?

— 어.

— 왜?

— 그냥 안 가.

— 술 누구랑 마셨어?

— 원로 목사님이랑.

찬성은 원로 목사님이 얼마나 좋은 분인지 할머니에게 수차례 들어 알고 있었다. 아버지의 장례를 도운 사람도, 보험사가 보험금 지급을 거절했을 때 소송을 알아봐 준 이도 할머니가 다니는 교회의 원로 목사님이었다. 인지대니 송달료니 하는 어려운 말 앞에서 전전긍긍하던 할머니에게 가장 큰 힘이 되어 준 것도 목사님이라고 했다. 비록 보험료 청구 소송은 기각됐지만 "그래도 그만큼 싸워 볼 수 있었던 건 다 목사님 덕분"이라고 할머니는 누누이 말했다. 찬성은 할머니가 하는 얘길 반도 못 알아들었다.

— 이제 목사님이 할머니 보기 싫대.

— 그게 뭔 소리야?

— 무슨 소리긴. 아무 소리도 아니지. 아, 그리고 이거.

할머니가 말을 돌리며 주머니에서 뭔가 꺼냈다.

—너 전부터 갖고 싶다고 했지?

—뭐야?

—휴게소 소장이 핸드폰 바꿨다고 주더라. 액정이 좀 깨졌는데 통화는 되는 거라고. 생각 있으면 가져가라고 하길래 우리 강아지 주려고 챙겨 왔지. 뭔 심인가 칩인가 그것만 넣으면 된다던데?

찬성이 눈을 반짝이며 구형 스마트폰을 받아 들었다. 할머니 말대로 왼쪽 모서리에 거미줄 모양의 작은 실금이 갔지만 그만하면 괜찮았다.

—밥통에 밥 남았지?

찬성이 스마트폰에서 눈을 떼지 않은 채 답했다.

—응.

—그럼 할머니 먼저 잘 테니 조금만 놀다 자. 백구 밥그릇에서 쉰내 나던데 좀 씻어 놓고.

할머니가 빈 담뱃갑에 침을 뱉은 뒤 담배를 비벼 껐다. 그러곤 비척비척 컴컴한 안방으로 들어갔다.

찬성은 작은방에 누워 전원도 들어오지 않은 스마트폰을 한참 만지작거렸다. 그러곤 쉬는 시간마다 휴대전화 게임에 열중하던 반 아이들을 떠올렸다. 사각 모니터 안에서 기계인지 생물인지 모를 작은 것들이 바글대며 부서지는 모습을 친구들 어깨 너머로 한참 훔쳐보곤 했는데. 찬성은 그 세계가 늘 궁금했다.

친구들이 서로 문자로만 대화하거나 찬성이 용기 내 말을 건네도 액정에서 눈을 떼지 않고 대꾸할 때 특히 그랬다. 찬성은 친구들 사이에 커뮤니티가 작동하는 원리와 어휘로부터 소외돼 있었다. 그런데 갑자기 거짓말처럼 그게 생긴 거였다. 아직 통신사와 계약하거나 번호를 튼 건 아니지만 기기가 있으니 언제든 자신이 원하는 세계와 연결될 수 있을 것 같았다. 찬성이 문득 고요함을 느끼고 주위를 둘러봤다. 온종일 끙끙대며 뒷다리를 핥던 에반이 찬성 옆에 곤히 잠들어 있었다. 찬성의 얼굴에 엷은 그늘이 깔렸다. 동물병원 의사는 에반이 '수술하지 않으면 위험하다.'고 했다. 그렇지만 노견이라 '수술이 더 안 좋을 수도 있다.'고. 찬성은 그 쉬운 말이 잘 이해되지 않아 몇 차례 눈을 깜빡였다.

—그러면 할 수 있는 게 아무것도 없는 거예요?

의사가 숨을 고른 뒤 차분하게 답했다.

—마지막 방법으로…… 드물게 안락사를 선택하는 분들이 있어.

—그게 뭔데요?

—아픈 동물 친구를 곤히 재운 뒤 심장 멎는 주사를 놔 주는 거야. 편안하라고.

의사는 "그러고 나서 후회하거나 힘들어하는 사람도 많으니 신중하게 결정할 일"이라는 말을 잊지 않았다. 일단 에반에게 잘해 주라고, 살아 버티는 동안 무척 고통스러울 테니 옆에서 잘 다독여 주라고 했다. 그렇지만 찬성은 어떻게 해야 잘해 주는 건지, 에반이 진짜 원하는 게 뭔지 알 수 없었다. 때마침 건넛방에서 할머니가 한숨 토하듯 "아이고, 죽어야 모든 고통이 사라지지. 죽어야 근심이 없지. 하나님 나 좀 조용히 데리고 가요."라고 말하는 소리가 들려왔다. 찬성이 몸을 돌려 에반을 뚫어져라 바라봤다. 서로 코가 닿을 정도로 가까운 거리였다.

'네가 네 얼굴을 본 시간보다 내가 네 얼굴을 본 시간이 길어……. 알고 있니?'

에반의 젖은 속눈썹이 미세하게 파들거렸다. 찬성이 에반의 입매, 수염, 콧방울, 눈썹 하나하나를 공들여 바라봤다. 그러자 그 위로 살아, 무척, 버티는, 고통 같은 말들이 어지럽게 포개졌다.

— 있잖아, 에반. 나는 늘 궁금했어. 죽는 게 나을 정도로 아픈 건 도대체 얼마나 아픈 걸까?

— …….

— 에반, 많이 아프니? 내가 잘 몰라서 미안해.

— …….

— 있잖아, 에반. 만약에 못 참겠으면…… 나중에 정말 너무 너무 힘들면 형한테 꼭 말해. 알았지?

에반이 끙 소리를 냈다. 찬성은 몸을 돌려 바로 누운 뒤 어둠 속 빈 벽을 한참 바라봤다.

*

찬성은 복도식 아파트의 각 현관에 A4 크기의 종이를 붙였다. 사십 장 단위로 소분해 모서리마다 미리 유리 테이프를 붙여 둔 거였다. '고등부 국어 과외' '과외보다 막강한 1대 3 시스템, 소수 정예 그룹' '내신 대비 특별 교재, 기말 성적표가 확 바뀝니다.' 그 밖에 피아노와 태권도 학원을 비롯해 미용실과 헬스장, 치킨, 피자 배달업체 광고도 많았다. 전단지 배포 아르바이트 면접 때 찬성은 제 나이를 조금 올렸다. 다행히 학생증을 보자는 데는 없었다. 키가 닿지 않는 곳에 위치한 우편함은 까치발을 하거나 제자리 뛰기로 해결했다. 공동 현관 비밀번호가 필요한 신축 아파트는 되도록 피했지만 가끔은 모른 척 입주민 뒤를 따라 들어갔다. 앳된 얼굴에 책가방을 멘 찬성을 의심하는 이는 거의 없었다. 그래도 남의 집 대문에 전단지를 붙이는 중 누군가 불쑥 문을 열고 나오면 가슴이 쿵쾅거렸다.

할당량은 생각만큼 빨리 줄지 않았다. 엘리베이터가 없는 빌라와 원룸도 많고 사람들은 지나치게 방어적이거나 무심하거나 신경질적이었다. 아르바이트를 시작한 지 하루 만에 찬성은 자기가 전단지 배포를 너무 만만하게 봤다는 걸 깨달았다. 살면서 이렇게 몸 쓰는 일로 무리를 해 본 적이 없었다. 첫날부터 다리에 알이 배어 계단을 오르내리는 일 자체가 곤욕이었다. 그만두고 싶을 때마다 찬성은 주문처럼 "한 장에 이십 원, 천 장 돌리면 이만 원……."이란 말을 중얼거렸다. 그러면 조금 더 버텨 볼 힘이 났다. 며칠간 휴게소에도 들르지 않고 초저녁이면 기절하듯 자는 찬성을 할머니는 별로 수상쩍어하지 않았다. 그저 딱 한 번 "너, 얼굴이 왜 그렇게 탔냐?" 묻고 말았을 뿐이다.

작업은 혼자 할 때도 있고 여럿이 조를 짜 움직일 때도 많았다. 한번은 같은 조에서 일하는 중학생 형이 아파트 계단에 앉아 파란색 이온 음료를 들이켜며 물었다.

— 야, 너 이거 왜 하냐?

찬성이 당황한 기색을 감추며 말을 돌렸다.

— 형은요?

— 나야 뭐 그냥 담뱃값 벌려고 하는 거고.

— 네에…….

— 넌? 초딩이 돈을 얻다 쓰게?

찬성이 주저하다 솔직하게 답했다.

— 누가…… 좀 아파서요.

— 아…….

중학생이 새삼 선량한 어조로 물었다.

— 근데 이걸로 돼?

찬성이 눈을 내리깔며 침울하게 답했다.

— 우리 개는 작아서 십만 원쯤 든대요.

—어? 뭐? 개?

중학생은 잠시 혼란스러워하다 세상 물정 밝은 어른인 척 “요즘은 동물 병원비도 졸라 비싸다.”며 불평했다.

—아니, 그게 아니고요. 개 안락사비가 그 정도 든다는데, 제가 돈이 없어서…….

중학생이 무언가 곰곰 생각하다 찬성에게 대뜸 핀잔을 줬다.

—뭔 소리야. 이 새끼 완전 또라이네.

정해진 구역을 다 돌면 찬성은 아파트 단지 내 놀이터에서 종종 숨을 골랐다. 유리 테이프와 가위, 전단지 및 수건과 물병이 든 책가방을 멘 채 나무 그늘에 앉아 동네 아이들 노는 걸 구경했다. 삼삼오오 벤치에 모인 엄마들이 육아 정보를 공유하고, 한담을 나누며, 걱정과 관심, 애정이 담긴 눈으로 자기 자식 바라보는 모습을 관찰했다. ‘아, 엄마들은 아이를 저렇게 보는구나.’ ‘저런 눈빛으로 대하는구나.’ 흘끔거렸다. 그때마다 찬성은 이상하게 태어나 한 번도 얼굴을 보지 못한 엄마 대신 에반이 떠올랐다. ‘에반도 이런 데서 산책하면 좋을 텐데.’ ‘에반도 저런 간식 주면 흥분할 텐데.’ 아쉬워했다. 에반은 요즘 찬성이 다가가도 쳐다보지 않았다. 흐릿한 눈으로 멍하니 허공만 응시했다. 찬성이 밥에 날계란을 풀어 주고, 할머니 몰래 참치 통조림을 얹어 줘도 고개 돌리는 날이 많았다. ‘요새 내가 자꾸 집을 비워 삐진 걸까?’ 미안한 마음이 들었지만 최대한 돈을 빨리 모으려면 어쩔 수 없었다.

*

목표한 돈을 다 모은 날 찬성은 마루에 엎드려 단순한 산수를 했다. 일주일간 전단지 오천 장 이상을 돌려 십일만사천 원을 벌었다. 살면서 처음 만져 보는 돈이었다. 찬성은 구체적인 노동의 대가를 만지며 뜻밖에 긍지와 보람을 느꼈다. 애초 목적과 달리 예상치 못한 성취감에 살짝 어른이 된 기분이 들었다. 마지막 날, 너무 지겨운 나머지 전단지 사십 장 정도를 남의 집 옥상에 몰래 버리고 왔지만, 그것 빼곤 정말 죄 묻지 않은 돈이었다. 찬성은 만 원짜리 열한 장과 천 원짜리 네 장을 가지런히 모아 각을 맞춘 뒤 지갑에 넣었다. 그러곤 안방으로 가 할머니 신분증을 몰래 챙겼다. 안락사 동의서를 작성할 때 어른 신분증이 필요할지도 모른다는 생각에서였다.

다음 날 찬성은 평소보다 일찍 일어나 동물병원에 갈 차비*를 했다. 할머니는 이미 휴게소로 출근하고 없었다. 마당 한쪽에 연결된 수도에 세숫대야를 놓고 찬성은 에반을 씻겼다. 귀에 물이 들어가지 않도록 양쪽 귀를 잘 잡고, 몸에 비누 거품을 묻

* 차비 어떤 일이 되기 위하여 필요한 물건, 자세 따위가 미리 갖추어져 차려지거나 그렇게 되게 함.

혀 구석구석 닦았다. 그 목욕이 어떤 목욕인지 아는지 모르는지 에반은 어린 찬성 손에 순순히 몸을 맡겼다.

—시원해? 에반?

혈관이 비쳐 살짝 분홍빛이 도는 에반 귀를 조심스레 문지르며 찬성이 물었다.

—나는 너 이런 데도 닦아 줘야 하는지 잘 몰랐어. 그래서 의사 선생님한테 좀 혼났어. 그동안 많이 답답했지?

찬성은 옷장에서 가장 단정해 보이는 옷을 꺼내 입었다. 왜 그런지 모르지만 그래야 할 것 같았다. 찬성이 차분한 얼굴로 검은색 반팔 셔츠의 단추를 잠갔다. 그러곤 지갑 속 현금을 한 번 더 확인하고 마루에 걸터앉아 운동화를 신었다. 가는 길에 일진 형들이라도 만나면 어쩌나 괜한 걱정이 들었다. 찬성이 목욕 후 털이 부풀어 보송보송해진 에반을 사랑스럽게 바라봤다. 그러곤 에반의 목덜미를 한 번 쓰다듬은 뒤 광에서 손수레를 꺼냈다. 오래전 할머니가 졸음 쉼터에서 사용한 아이스박스 캐리어였다. 뽀얗게 먼지가 내려앉은 걸 고무호스로 쏴아아 물을 뿌려 씻어 내고, 뚜껑을 분리해 떼어 낸 뒤 안에 수건을 깔았다. 그러곤 거기 얼음 대신 에반을 넣었다. 에반 옆에 작은 물그릇과 물통을 넣는 일도 잊지 않았다. 마지막이라고 생각하자 기분이 무척 이상했지만, 마지막이라도 도울 수 있어 다행이었다. 오늘 하루 중요한 일을 치른다는 사실에, 그리고 모든 걸 오로지 혼자 준비했다는 생각에 찬성은 경건한 긴장감을 느꼈다.

참사랑동물병원은 아파트 단지 내 편의시설이 밀집한 상가 건물 일 층에 있었다. 산뜻한 크림색 외벽에 통유리가 시원하게 달린 신축 병원이었다. 상호가 박힌 노란 간판엔 검정색 개 발바닥 도장이 찍혀 있어 전체적으로 다감한* 인상을 풍겼다. 유리 벽에 붙은 '살인 진드기 집중 예방 기간'이라든가 '강아지를 찾습니다.'라는 문구가 적힌 인쇄물을 보며 찬성은 왠지 모를 안정과 신뢰를 느꼈다.

—다 왔어, 에반.

병원에 들어서기 전 찬성이 뒤를 돌아봤다. 허리 숙여 에반과 눈을 맞추고 싶었지만 마음이 흔들릴 것 같아 꾹 참았다. 한 손에 손수레 손잡이를 잡은 찬성이 반대쪽 어깨에 힘을 실어 병원 유리문을 밀었다. 순간 어떤 힘이 찬성을 바깥으로 확 밀어냈다.

—어?

현관 위 금속 종이 쨍그랑 소리를 냈지만 유리문은 꿈쩍하지 않았다. 찬성이 얼떨떨한 얼굴로 한 발짝 뒤로 물러섰다. 그리고 그때서야 유리문에 붙은 공지문을 발견할 수 있었다.

'상중(喪中).* 주말까지 쉽니다.'

* 다감하다 감정이나 감수성이 풍부하다.
* 상중 부모나 조부모가 세상을 떠나서 상제의 몸으로 있는 동안.

찬성은 상중이란 단어의 뜻을 정확히 알지 못했지만 그것이 죽음과 관련된 말이라는 걸 직감적으로 알 수 있었다. 찬성은 묘한 안도를 느꼈다.

찬성은 상가 주위를 배회하다 인근 아파트 단지 놀이터로 갔다. 전에 전단지를 돌리며 몇 번 와 본 곳이었다. 찬성은 등나무 그늘에 앉아 잠시 쉬었다. 아침부터 온종일 긴장한 탓에 피로가 밀려왔다. 아이스박스 속 에반이 잠에서 깨 고개를 들었다. 그러곤 자신을 걱정스레 내려다보고 있는 찬성의 얼굴을 흘깃댔다. 몇몇 사내아이들이 왁자지껄 찬성 앞을 지나갔다. 서로 스마트폰을 들여다보며 저희끼리 뭐라 참견하고 장난치며 웃어댔다. 찬성이 위축된 얼굴로 그 아이들을 바라봤다. 그러곤 자신의 불룩한 바지 주머니를 한 번 만진 뒤 자리에서 일어났다.

집으로 가는 길, 찬성은 버스 정류소 근처의 휴대전화 대리점을 지나쳤다. 찬성은 버스를 기다리다 진열장 안에 전시된 최신형 스마트폰을 구경했다. 반짝반짝 검은 보석처럼 빛나는 매끈한 기기 위로 찬성의 얼빠진 얼굴이 비쳤다. 찬성은 그것들이 진심으로 아름답다 느꼈다.

— 이것 봐, 에반. 멋지다.

찬성이 진열장에서 시선을 돌려 아이스박스 속 에반을 바라봤다. 에반은 공처럼 몸을 둥글게 말아 그 안에 자신의 머리를 묻고 죽은 듯 잠들어 있었다. 찬성은 에반을 한 번 쓰다듬은 뒤 바지 주머니에서 구형 휴대전화를 꺼냈다. 그러곤 모서리에 살짝 금이 간 액정에 자기 얼굴을 비춰 보다 중요한 사실 하나를 깨달았다.

—그러고 보니 돈이 남네.

에반을 위해 쓸 돈을 빼고도 만사천 원이 남는다는 사실에 찬성의 가슴이 뛰기 시작했다. 잠시 후 집에 가는 버스가 도착했지만 찬성은 버스에 오르는 대신 휴대전화 대리점 유리문을 열어젖혔다.

처음엔 그냥 유심 칩 가격이나 물어볼 생각이었다. 그러다 어느 순간 직원 앞에 앉게 되었고, 그가 내민 서류에 또박또박 이름을 적어 넣었고, 할머니 신분증을 건네고 말았다. 찬성은 자신의 구형 휴대전화에 유심 칩을 넣는 직원을 쳐다보다 대리점 유리문 앞에 세워 둔 손수레를 돌아보았다. 아이스박스 안에 잠들어 있을 에반은 보이지 않았지만 에반이 거기 있다는 사실은 분명했다.

— 유심 칩 값 만 원에 충전기 오천 원. 원래 개통비 삼만 원도 받아야 하는데 지금은 이벤트 기간이니까 무료로 해 줄게.

찬성이 자신의 휴대전화를 돌려받으며 지갑에서 만오천 원을 꺼내 직원에게 건넸다. 에반 병원비에서 천 원을 허는 게 조금 찝찝했지만 동물병원이 문을 닫는 기간 동안 용돈을 아끼면 충분히 메울 수 있을 것 같았다. 버스 정류소 앞에서 찬성은 휴대전화 버튼을 수없이 눌러 보았다. 실금 간 액정 위로 환한 빛이 들어오자 더 이상 자신의 얼굴이 비치지 않았다. 찬성은 휴대전화 카메라 단추를 눌러 발밑에 잠들어 있는 에반의 사진을 처음으로 찍었다. "찰칵" 소리와 함께 찬성의 등 뒤로 냉장 트럭 한 대가 쏜살같이 지나갔다.

에반은 물 한 모금 마시지 않고 조용히 잠만 잤다. 여느 때처럼 보채거나 끙끙대지 않고 자신의 다리를 핥지도 않았다. 찬성은 하루 종일 휴대전화를 만지다 충전하는 동안에만 가끔 에반을 살폈다.

—그래, 착하다, 우리 에반.

찬성은 잠든 에반의 등을 쓰다듬은 뒤 휴대전화를 다시 손에 쥐고 갖가지 애플리케이션을 내려받으며 시간을 보냈다.

— 전화 요금 많이 나오면 다 네 용돈에서 깔 테니까 알아서 해.

할머니가 엄포*를 놓아도 소용없었다. 그날 밤 찬성은 이부자리에 누워 오래전 아버지가 그런 것처럼 휴대전화 불빛으로 개 그림자를 만들었다.

— 에반, 이것 봐. 내가 네 친구들을 불러왔어.

찬성이 소리쳤지만 에반은 미동*도 하지 않았다.

* 엄포 실속 없이 호령이나 위협으로 으르는 짓.

—에반, 이거 보라니까. 내가 아빠보다 더 잘하는 것 같아. 진짜 개야, 진짜 개. 네 친구들이라니까.

에반은 여전히 아무 반응이 없었다.

이틀 뒤, 점심시간이 끝날 무렵 찬성은 휴게소에 들렀다. 여름휴가 기간과 주말 연휴가 겹쳐 휴게소 안은 주차 공간이 없을 만큼 사람들로 붐볐다. 할머니는 지친 얼굴로 잔치국수가 담긴 쟁반을 들고 찬성에게 다가왔다.

—점심 다른 거 사 먹는다고 돈으로 달라 하더니.

—아, 그거. 이제 됐어, 할머니.

—되다니, 뭐가?

—어제 받은 걸로 해결됐다고.

—그러니까 뭐가 해결됐냐고?

—있어, 그런 게. 얼른 국수나 줘.

찬성이 호로록 국수를 삼키며 주방 안쪽에서 설거지하는 할머니의 뒷모습을 지켜봤다. 할머니가 허리를 굽혔다 펼 때마다 허리춤 사이로 찬성이 전날 밤 붙여 준 하얀 파스가 보였다 사라졌다. 찬성은 식기 반납함에 쟁반을 갖다 놓고 주유소 옆 등나무 벤치로 가 스마트폰을 갖고 놀았다. 자신이 스마트폰 만지는 걸 많은 이들이 봐 주길 바랐지만 사람들은 찬성을 신경 쓰

* 미동 약간 움직임.

지 않았다. 화장실에 가고, 금연 표지판 앞에서 담배를 피우고, 음료수를 든 채 상대와 짧은 대화를 나누며 다들 자기 일에 몰두했다. 주말 인파에 섞여 찬성은 스마트폰으로 「터닝메카드」를 보고 또 봤다. 그러다 문득 자신이 지난 사흘 동안 누군가와 통화해 본 적이 없다는 사실을 깨달았다. 찬성이 아는 번호도, 찬성 번호를 아는 사람도 없었다. 교무실에 전화 걸어 반 친구들 연락처를 물어볼까 잠시 고민했지만 선생님과 통화해야 한다는 게 내키지 않았다.

'아빠가 살아 계셨으면 아빠한테 걸었을 텐데.'

오랜 궁리 끝에 찬성이 지갑에서 동물병원 명함을 꺼내 들었다. 상중이라 주말까지 쉰다는 말이 생각났지만 찬성은 괜히 한번 병원 전화번호를 눌러 보았다.

'어쩌면 문을 열었을지도 몰라. 누가 받으면 뭐라고 하지?'

휴대전화 너머로 익숙한 연결음이 들렸다. 찬성은 잘못한 것도 없는데 가슴이 뛰었다. 몇 차례 긴 연결음이 이어졌지만 전화를 받는 사람은 없었다. 찬성은 동물병원 쪽에서 전화를 받지 않았다는 사실에 다시 한번 이상한 안도를 느꼈다. 찬성이 지갑 안에 명함을 넣으며 남은 돈을 세어 보았다. 십만삼천 원. 에반을 병원에 데려가기에 부족하지 않은 액수였다. 오늘만 지나면, 그러면 꼭…… 다짐하며 일어서는데 찬성 무릎 위의 휴대전화가 아스팔트 보도 위로 툭 떨어졌다. 찬성이 창백해진 얼굴로 황급히 휴대전화를 주워 들었다. 그러곤 실금 간 왼쪽 모서리부터 확인했다. 찬성이 거미줄 모양 실금에 손가락을 대고 천천히 문질렀다. 아주 고운 유리 가루 입자가 손끝에 묻어났다. 찬성의 눈동자가 심하게 흔들렸다.

집으로 가는 길, 찬성은 한 손을 길게 뻗어 휴대전화를 좌우로 틀며 햇빛에 비춰 봤다. 검은 액정 표면에 닿은 빛이 물에 뜬 기름처럼 매끈하게 일렁였다. 더불어 찬성의 가슴에도 작은 만족감이 일었다. 액정에 보호 필름을 붙이니 왠지 기계도 새것처럼 보이고, 모서리 쪽 상처도 눈에 덜 띄는 것 같았다. 스스로에게 조금 실망스런 기분이 들었지만 '어쩔 수 없는' 상황이었다고 변명했다. 찬성은 '구경이나 해 볼 마음'으로 휴게소 전자 용품 매장에 들렀다 액세서리 용품 진열대 앞에 한참 머물렀다. 그러곤 티끌 하나 없이 투명한 보호 필름을 만지며 자기도 모르게 "사흘……." 하고 중얼댔다. 그러니까 사흘 정도는…… 에반이 기다려 주지 않을까 하고. 지금껏 잘 견뎌 준 것처럼. 더도 말고 덜고 말고 딱 사흘만 참아 주면 안 될까. 당장 가진 돈과 앞으로 모을 돈을 계산하는 사이 찬성은 어느새 계산대 앞에 서 있었다. 정신을 차리고 보니 지갑 안의 돈이 어느새 구만오천 원으로 줄어 있었다.

에반이 구슬피 울기 시작한 건 그날 밤이었다. 한 번도 그런 적이 없는데 이상했다. 에반은 하늘을 보며 늑대처럼 긴 울음을 토해 냈다. 자다 깜짝 놀란 찬성이 자리에서 일어나 에반 얼굴을 두 손으로 감쌌다.

— 왜 그래, 에반? 무슨 일이야?

에반이 저항하며 방바닥에 머리를 짓이겼다. 자세히 보니 눈 주위에 눈곱이 덕지덕지 끼고 입에서도 심한 악취가 났다. 순간 찬성이 입과 코를 손으로 틀어막으며 고개를 돌렸다.

— 아유, 저놈의 개새끼!

안방에서 할머니가 고래고래 소리를 질렀다.

— 왜 자꾸 재수 없게 울어? 아유, 소름 끼쳐. 당장 갖다 버리든가 해야지.

할머니의 비위*를 거스르지 않으려 찬성이 에반 대신 목소리를 낮췄다.

— 에반, 미안해. 우리 사흘만 참자. 딱 사흘만. 그때는 형이 꼭……. 착하지? 조금만 참아, 조금만…….

*

이틀이 지났다. 찬성은 이상한 기척에 잠에서 깼다. 게슴츠레* 눈을 떠 보니 에반이 자신의 뺨을 핥고 있었다. 두 발을 찬

* 비위 어떤 것을 좋아하거나 싫어하는 성미. 또는 그러한 기분.
* 게슴츠레 졸리거나 술에 취해서 눈이 흐리멍덩하며 거의 감길 듯한 모양.

성의 가슴팍에 올리고 마치 작별 인사라도 하는 양 찬성 얼굴에 자기 머리를 비볐다. 에반이 꼬리를 흔들고 배를 보일 때와 조금 다른 느낌이었다. 찬성은 이상하게 눈물이 나려 했다. 요즘 계속 잠만 자더니 갑자기 어디서 그런 힘이 난 걸까. 혹시 기적적으로 상태가 조금 나아진 걸까. 이렇게 아주 조금씩 좋아지다 보면 예전으로 다시 돌아갈 수 있지 않을까. 가슴속의 부질없는 희망이 컵에 담긴 물마냥 출렁였다. 에반은 더 이상 움직일 힘이 없는지 찬성 옆구리에 머리를 깊숙이 파묻었다. 찬성이 어둠 속에서 잠 묻은 말투로 "그래, 그래." 하고 속삭였다.

다음 날 날이 밝자마자 찬성은 서둘러 시내에 갔다. 오늘 아예 직접 병원에 들러 안락사 동의서를 쓰고 예약까지 하고 올 생각이었다. 그러면 더 이상 마음이 흔들리지 않고, 돈을 헐어 쓰는 일도 막을 수 있을 것 같았다. 동물병원에 도착하기 전, 찬성은 대형 문구점 앞을 지나다 걸음을 멈췄다. 알록달록 여러 종류의 휴대전화 케이스가 걸린 진열대에서 「터닝메카드」 캐릭터가 그려진 상품을 발견하고서였다. 무심코 가격을 살펴보니 삼만사천 원이나 했다. 순간 찬성의 머릿속에 전에 없던 의심이 피어났다. 어쩌면 안락사에 대해 자신이 처음부터 잘못 생각한 게 아닐까 하는. 에반의 죽음을 거드는 것보다 에반이 살아 있는 동안 조금이라도 의미 있는 시간을 보내는 게 '우리 둘 모두에게' 좋은 일이 아닐까 싶었다.

집으로 돌아가는 찬성 얼굴에 근심이 가득했다. 어느새 찬성 손에는 육만칠천 원밖에 남아 있지 않았다. 모든 게 합당하고 필요한 과정처럼 여겨졌는데 이상했다. 찬성은 무거운 발걸음으로 오늘따라 유난히 길게 늘어선 듯한 논둑길을 휘적휘적 혼자 걸었다. 수중에 남은 돈이 구만 얼마이거나 십일 만 얼마였을 때와 달리 육만칠천 원은 십만 원으로부터 너무 멀어 보였다. 다시 십만 원을 채우려면 전단지 이천 장을 돌려야 했다. 그런데 이천 장이라니, 엄두가 나지 않았다. 찬성은 왠지 집으로 곧장 들어갈 용기가 나지 않아 휴게소에 들렀다. 그러곤 등나무 벤치에 앉아 새로 산 스마트폰 케이스를 만지작거리며 시간을 때웠다. 찬성은 저녁때가 다 되어서야 자리에서 일어났다. 그러곤 휴게소 식품 코너에 들러 에반에게 줄 핫바를 샀다.

'하나 더 사서 나도 먹을까?'

기름 냄새를 맡으니 허기가 밀려왔지만 참았다. 찬성은 본능적으로 이런 때 작은 금욕과 희생을 감내하고* 나면 기분이 나아지리란 걸 알았다. 찬성은 핫바가 든 검정 비닐봉지를 들고 터덜터덜 사십 분을 걸어 집에 왔다. 모든 불이 꺼진 탓에 집 안이 평소보다 더 어두워 보였다. 찬성이 대문을 열고 마당으로 들어서며 일부러 큰 소리를 냈다.

* 감내하다 어려움을 참고 버티어 이겨 내다.

— 에반! 형이 간식 사 왔어. 이리 와 봐. 네가 좋아하는 핫바야. 찬성이 신을 벗고 마루에 올랐다.

— 에반! 이것 좀 봐. 여기까지 오는 동안 나도 엄청 먹고 싶었는데 너 주려고 꾹 참았어. 참느라 얼마나 힘들었는지 모르지?

에반이 기뻐할 모습을 상상하며 찬성이 작은방 문을 활짝 열었다. 그런데 거기 에반이 없었다.

— 에반!

찬성이 목소리를 높였다. 집 주위가 새삼 섬뜩할 정도로 어둡고 고요했다. 찬성은 자신이 익숙하게 살아온 세계에 위화감*을 느꼈다.

— 에반! 너 어디 있니?

습기 찬 저녁 들판 위로 찬성의 목소리가 희미하게 메아리쳤다.

'앞도 잘 안 보일 텐데. 다리도 아픈 녀석이 어디로 간 걸까?'

에반에게 무슨 일이 생긴 건 아닌지 불안했다. 이럴 줄 알았으면 목줄이라도 묶어 놓을걸. 에반 몸이 약해졌다고 너무 방심했나 싶었다.

'멀리는 못 갔을 거야.'

* 위화감 잘 어울리지 않아서 일어나는 어색한 느낌.

찬성이 휴대전화 손전등 기능을 켠 채 한 발 한 발 수색 범위를 넓혔다. 에반은 작은 개라 발밑을 잘 살펴야 했다.

— 에반! 장난치지 마, 응?

논바닥에 주저앉아 당장 울고 싶은 마음을 누르며 찬성이 걸음을 재촉했다. 일단 에반을 찾는 게 먼저였다.

찬성이 멀리 불 켜진 고속도로 휴게소를 바라봤다. 자신도 왜 그곳까지 갔는지 알 수 없었다. 어쩌면 그 시간에 갈 수 있는 데가 거기밖에 없어 그랬는지 몰랐다. 아니면 덜컥 겁이 나 할머니가 보고 싶었는지도. 찬성이 숨을 고르며 최대한 이성적으로 상황을 판단하려 애썼다. 만일 에반이 혼자 힘으로 어딘가 갔다면 전에 한 번이라도 가 본 데일 거라 생각했다. 그리고 그곳은 찬성도 아는 곳일 확률이 높았다. 찬성은 에반이 지금 생각보다 가까운 곳에 있을지도 모른다고 기대했다. 그것도 아주 가까이에. 찬성은 일단 분식 코너에 들러 할머니에게 혹시 에반이 여기 오지 않았느냐고 물을 계획이었다. 그런데 주유소 옆을 지날 즈음 문득 불길한 느낌에 휩싸이고 말았다. 순간적으로 얼굴에 피가 몰리며 호흡이 가빠졌다. 그러니까 거기 주유소 쓰레기통 옆에 눈에 익은 자루 하나가 보여서였다. 안에 뭐가 들었는지 자루 아래가 불룩했고 입구는 노끈으로 단단히 묶여 있었다.

'아니야. 그럴 리 없어.'

찬성이 방망이질 치는 가슴을 안고 그 앞을 못 본 척 지나갔다. 자루 아래로 선홍색 피가 천천히 새어 나오고 있었다. 찬성은 전에 비슷한 걸 본 적 있었다. 고속도로 갓길에 쓰러진 동료를 웬 들개* 무리가 지키고 선 모습이었다. 아버지가 운전석에서 전조등*을 몇 번 깜빡여도 죽은 동료를 에워싼 채 이쪽을 쏘아보던 들개들의 얼굴이 떠올랐다.

'그렇지만 우리 개는 유기견*이 아니니까…….'

찬성이 식당 쪽으로 몸을 틀었다. 그런데 그때 몇몇 형들이 웅성거리는 소리가 들렸다. 한쪽 가슴에 주유소 로고가 박힌 조끼를 입은 형들이었다.

— 아이 씨, 아니라니까 그러네.

— 에이, 설마?

— 아이, 진짜라니까. 그 개가 일부러 뛰어드는 것 같았다니까. 차가 지나가기를 기다렸다는 듯이.

찬성은 꽤 오랫동안 그 자루 앞에 서 있었다. 몇 번 '노끈을 풀어 볼까?'라는 충동이 일었지만 그러지 않았다. 자루 아래로 방금 전보다 더 많은 양의 피가 새어 나왔다. 만지면 아직 따뜻할 것 같은 피였다. 이윽고 찬성이 몸을 돌려 걸음을 옮겼다. 자

* 들개 키우는 사람 없이 여기저기 돌아다니는 개.
* 전조등 기차나 자동차 따위의 앞에 단 등. 앞을 비추는 데에 쓴다.
* 유기견 사람이 키우다 내다 버린 개.

루에 든 게 뭔지 끝내 확인하지 않고, 그때까지 오른손에 꽉 쥐고 있던 휴대전화를 든 채 자리를 떴다.

주위는 더 어두워졌다. 찬성이 뻣뻣하게 굳은 몸을 이끌고 고속도로 옆 비포장길을 걸어나갔다. 몇몇 차들이 시끄러운 경적을 울리며 찬성 옆을 휙휙 지나갔다. 찬성이 고개 숙여 제 손바닥을 내려다봤다. 휴대전화 손전등 기능을 너무 오래 사용한 탓에 기기에서 열이 났다. 손바닥에 고인 땀을 보니 문득 에반을 처음 만난 날이 떠올랐다. 손바닥 위 반짝이던 얼음과 부드럽고 차가운 듯 뜨뜻미지근하며 간질거리던 무엇인가가. 그렇지만 이제 다시는 만질 수 없는 무언가가 가슴을 옥죄었다. 하지만 당장 그것의 이름을 무어라 불러야 할지 몰라 찬성은 어둠 속 갓길을 마냥 걸었다. 대형 화물 트럭 몇 대가 시끄러운 경적을 울리며 찬성 옆을 사납게 지나갔다. 머릿속에 난데없이 '용서'라는 말이 떠올랐지만 입 밖에 내지 않았다. 찬성이 선 데가 길이 아닌 살얼음판이라도 되는 양 어디선가 쩍쩍 금 가는 소리가 들려왔다.

## 활동

1. 작품의 내용을 떠올리며 다음 물음에 답해 봅시다.

① 다음은 작품에 대한 감상입니다. 괄호 안에 들어갈 말을 〈보기〉에서 선택해 적어 봅시다.

보기 ▶ 책임감 친밀감 유기견 합리화 여운 보호자 실망감

초등학생 찬성이 (　　　　)을 키우는 모습이 대견하면서도 애틋하게 다가왔어. 에반이 아플 때 할머니를 자꾸 따라다니면서 에반을 도울 방법을 찾으려고 하잖아. 할머니와 찬성이 나누는 대화를 보면 에반을 대하는 생각과 태도는 두 사람이 너무 다르지만, 그래도 할머니 역시 찬성을 걱정하고 염려하고 있다는 걸 알 수 있었어.
그런데 에반을 잘 돌봐야 한다는 (　　　　)을 느끼던 찬성이 갖고 싶은 물건이 생기자 (　　　　) 역할에 소홀해지는 모습은 의외였어. 그동안 에반에게 정말 큰 위로를 얻고 (　　　　)을 쌓아 왔던 찬성인데 말이야.
이 작품에서 정말 흥미로운 점은 찬성이 자기 행동에 (　　　　)을 느끼는 모습을 통해 독자들이 '아, 역시 찬성이 반성하고 있구나.'라고 생각하게 했다가, 이내 또 다른 찬성의 모습을 보여 준다는 거야. 찬성은 결국 자기 행동을 (　　　　)하는 모습을 보이거든.
나에게 힘이 되고 위안이 되는 존재, 그러면서도 나보다 훨씬 약하고 여린 존재를 책임진다는 것은 어떤 의미일까? 또 아직 돌봄을 받아야 할 나이인 어린이들이 정작 자신은 제대로 보호받지 못하고 누군가를 오롯이 책임져야만 하는 상황으로 내몰리는 것은 어떻게 생각해야 할까? 긴 (　　　　)을 남기는 소설이었어.

❷ 노찬성과 에반은 각각 어떤 상황에 놓여 있는지 파악해 보고, 찬성이 에반과 함께 생활하면서 정서적으로 어떤 변화가 있었는지 생각해 봅시다.

| | 노찬성 | 에반 |
|---|---|---|
| 상황 | | |
| 찬성의 변화 | | |

2. 상점 진열대에서 애니메이션 「터닝메카드」 캐릭터가 그려진 휴대전화 케이스를 발견하고 다음과 같이 생각한 찬성에게 어떤 말을 해 주고 싶은지 적어 봅시다.

어쩌면 안락사에 대해 내가 처음부터 잘못 생각한 게 아닐까? 에반의 죽음을 거드는 것보다 에반이 살아 있는 동안 조금이라도 의미 있는 시간을 보내는 게 '우리 둘 모두에게' 좋은 일이 아닐까?

노찬성

나

3. 할머니를 설득하기 위해 찬성은 에반을 '책임'지겠다고 약속합니다. 찬성은 끝까지 약속을 지킨 것일지 판단해 보고, 그렇게 생각한 이유를 적어 봅시다.

찬성이 에반을 끝까지 책임졌다고 (할 수 있다 / 할 수 없다).

이유:

4. 다음은 '안락사'에 대해 자세히 설명하는 내용입니다. 이 중에서 자신은 어떠한 방식에 동의하는지 한 가지 선택해 보고, 그 이유를 정리해 봅시다.

| | |
|---|---|
| **적극적 안락사** | 고통이 아주 심한 환자에 대해 능동적으로 행하는 안락사의 한 형태. 의료진이 환자가 죽음에 이를 수 있을 만큼의 약물이나 독극물을 직접 주사하여 죽음을 맞이하도록 하는 방식. |
| **소극적 안락사** | 질병에 대한 치료가 불가능하거나 혹은 치료를 하더라도 회복이 불가능한 과정에 들어섰을 때, 의료진이 연명을 위한 의학적인 조치를 취하지 않음으로써 죽음에 이르도록 하는 형태. |
| **존엄사** | 소극적 안락사의 하나로 볼 수 있으며, 회복 불가능한 상태에 들어선 환자 자신이 무의미한 연명 치료를 거부할 경우 이를 존중하여 치료를 중단하는 형태. 예를 들어 인공호흡기와 같은 연명 장치를 제거하거나 심정지가 왔을 때 심폐 소생술을 시행하지 않는 방식. |
| **안락사 반대** | 죽음은 신의 뜻에 따를 일이기에 인간이 개입해서는 안 된다는 종교적 이유, 당장은 치료가 불가능해 보일지라도 새로운 치료법이 등장하여 환자가 회복할 수도 있기에 포기해서는 안 된다는 이유 등으로 안락사를 반대하는 입장. |

# 저건 사람도 아니다

서유미

徐柳美(1975~ ) 소설가.
2007년 『판타스틱 개미지옥』으로 문학수첩작가상을, 『쿨하게 한걸음』으로 창비장편소설상을 받으며 작품 활동을 시작했다. 소설집 『당분간 인간』 『모두가 헤어지는 하루』 『이 밤은 괜찮아, 내일은 모르겠지만』, 장편소설 『당신의 몬스터』 『끝의 시작』 『틈』 『홀딩, 턴』 『우리가 잃어버린 것』 등이 있다. 2023년 김승옥문학상 우수상을 수상했다.

## 들어가며

고전 소설의 주인공 '전우치'처럼 도술을 부려 나와 똑같은 분신을 만들 수 있는 능력이 있다면 나를 대신해 어디로 보내고 싶은가요? 떨리고 긴장되는 시험장, 눈을 뜨는 것조차 힘겨운 아침 등굣길, 방과 후 지친 몸으로 향하는 학원 등에 나의 분신을 보내고 싶을지도 모르겠습니다.

이제 도술을 부리지 않아도 과학 기술의 발달로 말미암아 인간처럼 정보를 수집하고 판단하는 인공 지능 로봇이 일상생활에 서서히 자리 잡고 있습니다. 알아서 방해물을 식별하며 집 안을 청소하는 로봇 청소기, 의사를 돕는 의료 로봇이 사용되고 있을 뿐 아니라 인공 지능 면접관, 스포츠 심판, 판사 등 다양한 분야에서 인공 지능 기술의 활용이 논의되고 있지요. TV 프로그램에서 인공 지능 가수와 진짜 가수를 구별하는 대결이 펼쳐지기도 하고, 인공 지능이 만든 창작물은 누구의 소유인지 저작권 논쟁이 벌어지기도 합니다. 이런 기술의 발달은 우리의 삶을 어디로 데려갈까요? 인공 지능의 도움으로 업무 효율성이 높아져 삶이 여유로워지리라 기대하는 한편, 인간보다 더 유능해진 인공 지능이 인간의 자리를 없애 버리는 것은 아닌지 두려움도 커지고 있습니다.

여기 홀로 아이를 키우면서 완벽한 어머니이자 유능한 직장인이라는 어려운 역할을 강요받는 주인공이 있습니다. 그는 로봇의 도움을 받아 문제를 해결해 갑니다. 로봇의 등장이 주인공의 삶을 어떻게 변화시키는지, 사건의 진행에 따라 주인공의 심리는 어떻게 변화하는지 파악하며 작품을 읽어 봅시다. 나아가 작품 속의 세계가 미래에 낙관적이고 발전적인 유토피아가 될지, 암울하고 부정적인 디스토피아가 될지 생각해 봅시다. 우리 사회의 현주소를 돌아보고, 미래를 위해 무엇을 준비해야 할지 그리고 인공 지능 로봇이 발전하는 동안 인간은 무엇을 해야 할지 생각하는 기회가 되기를 바랍니다.

화장을 지우지 않고 잤더니 피부가 엉망이다. 번들거리는 뺨에 클렌징크림을 찍어 바르고 문질러 댔지만 업무와 회식이 만들어 낸 고단함은 깨끗하게 지워지지 않았다. 양치를 하는 동안 머리를 감을까 말까 망설이다가 시간을 확인하곤 포기해 버렸다.

일 분 차이로 출근 카드에는 지각 표시가 찍혔다. 이럴 줄 알았으면 그냥 머리를 감고 나올걸. 한 방향으로 뭉친 앞머리는 불 꺼진 판 위에 남은 삼겹살처럼 뻣뻣하고 기름졌다. 손으로 앞머리를 훑으면서 지각 표시를 셌다. 오늘 지각 때문에 다음 달에는 월차*를 못 쓰게 됐다. 애니메이션을 보러 극장에 가자고 아이와 손가락까지 걸고 약속했는데. 이번에도 어기면 아빠한테 보내 달라고, 아빠랑 살 거라고 울며불며 떼를 쓸 게 분명하다. 다섯 살배기는 이제 어디를 건드려야 엄마가 반응하는지 다 알고 있다.

* 월차 월차 휴가. 달마다 근로자에게 주도록 정하여진 유급 휴가. 휴일 이외에 달마다 하루씩 지급하도록 되어 있다.

어제 회식 자리에서 1차만 마치고 잽싸게 빠져나왔는데도 집에 도착하니 새벽 1시였다. 택시는 끔찍하게 안 잡혔고 장거리 손님을 태우지 못한 기사는 운전 내내 구시렁거리며 공포 분위기를 조성했다. 말이 회식이지 같이 일하던 웹디자이너가 잘리다시피 그만두는 거라 분위기도 좋지 않았다. 웬만하면 끝까지 자리를 지키고 싶었는데 아이와 동생이 삼십 분 간격으로 전화를 해 대는 통에 진득하게 이야기도 나누지 못했다.

문을 열고 들어가자 아이는 자다가 깼는지 그때까지 안 자고 버틴 건지 잠투정을 부리며 징징거렸다.

"엄마, 나 숙제, 그림 숙제."

가방을 내려놓고 겉옷을 벗는 동안 아이는 알림장을 들고 졸졸 따라다녔다. 어디 보자, 옷도 갈아입지 못하고 아이를 안아 무릎에 앉혔다. 끙 소리가 절로 튀어나왔다. 아이가 코앞에다 들이댄 페이지에는 붉은 글씨로 커다랗게 '엄마와 함께 얼굴 그리기'라고 쓰여 있었다. 그 글자를 보자 적체되어* 있던 피곤이 한꺼번에 몰려왔다. 어린이집에서 데려와서 12시까지 봐 주는 조건으로 삼만 원을 주기로 했는데 동생 년은 숙제도 안 봐 주고 날라 버렸다.

"이모한테 좀 해 달라고 하지."

나는 짜증을 겨우 누르며 아이의 머리를 쓰다듬었다.

* 적체되다 쌓이고 쌓여 제대로 통하지 못하고 막히게 되다.

"선생님이 엄마랑 하라고 했단 말이야."

"이모랑 하면 어때. 엄마 힘든데. 숙제는 이모랑 해도 괜찮아."

"그런 게 어딨어? 엄마랑 하는 건데. 이모가 엄마야?"

아이는 눈물이 그렁그렁해져서 소리를 빽 질렀다. 그 말에 뜨끔해서 꼼짝없이 스케치북을 폈다. 막상 크레파스를 손에 쥐자 아이는 꾸벅꾸벅 졸았다. 눈이 감기는 아이를 어르고 달래 가며 그림을 대충 완성하고 나니 새벽 2시가 되었다. 아이를 안아다 침대에 눕히고 겨우 옷을 갈아입으면서, 이대로 침대에 쓰러져서 영원히 깨지 않았으면 좋겠다는 생각을 잠깐 했다. 그 순간에는 굳게 닫힌 클렌징크림의 뚜껑을 열어서 화장을 지우는 일이 지구를 구하는 것보다 더 어렵게 느껴졌다.

사무실에 들어가니 옆자리의 구는 벌써 모닝커피를 마시고 있었다. 회식 자리에 끝까지 남아 있었을 텐데 얼굴이 쌩쌩했다. 화장한 피부도 촉촉하고 새로 말고 온 머리도 컬이 탱글탱글한 게 머리부터 발끝까지 활기가 넘쳤다. 그 전날 무슨 일이 있었다고 해도 다음 날 아침에는 머리와 화장, 옷까지 완벽하게 세팅한 모습으로 나타나는 게 구의 특별한 능력이자 매력이었다. 함께 일하는 동안 화장 안 한 얼굴은 물론이고 화장이 들뜬 모습조차 본 적이 없다. 그래서인지 생일과 기념일에 꽃바구니와 케이크를 배달시키는 지극정성 애인 말고도 뭇 남자들의 대시가 끊이질 않는다.

"선배, 어제 일찍 들어간 분이 얼굴이 왜 그래?"

"어, 좀 피곤해서."

"아무리 피곤해도 그렇지. 화장 좀 하고 다녀. 서른 넘으면 밖에 나올 땐 화장하는 게 예의야."

"너도 혼자 애 키워 봐라. 그게 말처럼 쉬운가."

"요즘 일 잘하고 애 잘 키우고 자기 관리 끝내주게 하는 싱글맘 들이 얼마나 많은데. 선배도 생각을 좀 바꿔 봐. 왜 여자라는 걸 포기하려고 그래."

빈정거리는 구의 말을 뒤로하고 커피부터 탔다. 진하고 단 커피가 필요했다.

출근하려고 공동 현관문을 나서는데 우편함에 흰 봉투가 꽂혀 있었다. 매끈하게 코팅된 미색의 봉투는 자신이 청첩장임을 온몸으로 드러냈다. 전남편의 이름은 희귀 성(姓)을 가진 여자의 이름 위에 쓰여 있었다. 예식일은 한 달 뒤 토요일 오후 3시. 청첩장은 적당한 때 도착했으나 자신의 딸을 키우는 전처에게 알려 주는 재혼 소식치고는 상당히 늦은 감이 있었다. 청첩장을 가방에 쑤셔 넣을 때 손끝이 미세하게 떨렸다. 상실감 때문은 아니었지만 생각이 복잡해지는 건 사실이었다. 여러모로 피로가 가중되는 아침이었다.

커피를 한 모금 마시자 폐차 직전의 자동차에 겨우 시동이 걸렸다. 이대로 얼마나 달릴 수 있을지 불시에 확 퍼지는 건 아닌지 걱정스러웠지만, 오늘 하루 정도는 버텨 내겠지 싶었다.

웹마스터와 구는 만들어 쓰는 화장품에 대해 이야기를 나누던 중이었다. 방부제 걱정도 없고 나한테 딱 맞는 화장품을 쓸 수 있어서 좋은 것 같아. 웰빙이 대세잖아. 만들어서 선물했는데 다들 좋아하더라고. 화장 지우는 것도 귀찮아서 쩔쩔매는 신세다 보니 스킨과 크림을 만들어 바른다는 그들의 취미가 몹시 생소하게 느껴졌다. 그게 화장품이라서 그런 게 아니라 겨우 서너 살 차인데 누군가에게는 생산적인 취미를 즐길 수 있는 에너지가 남아 있다는 게 신기했다.

"구, 혹시 보약 같은 거 먹어?"

"보약은 무슨. 선배, 나 아직 젊거든."

"그러지 말고 몸에 좋은 거 있으면 소개 좀 해 봐."

"갑자기 웬 뚱딴지같은 소리야. 아무것도 안 먹는다니까. 내가 사무실에서 뭐 먹는 거 봤어?"

"그런데 왜 그렇게 쌩쌩해?"

"내가 뭘 쌩쌩해. 에너자이저*는 저기 따로 있는데."

구가 턱짓으로 사무실 측면을 가리켰다. 간부 회의를 마친 홍이 회의실 문을 열고 나왔다. 오늘은 재킷 위에 실크 스카프를 두른 모습이었다. '성공하는 그녀를 위한 패션 제안' 같은 제목의 화보에서 바로 튀어나온 것처럼 스타일이 완벽했다. 그녀의 등장과 함께 자유분방하던 커피 타임이 오전 업무 모드로 신속

* 에너자이저(energizer) 원기나 정력, 활력이 넘치는 사람.

하게 전환되었다. 사람들은 서둘러 컴퓨터를 부팅하고 거래처에 전화를 걸었다.

"디자인 1팀은 지금 회의실로 모여 주세요."

홍은 머그 컵에 생수를 담으며 팀원들을 둘러봤다. 어제 팀원이던 웹디자이너가 그만뒀고 새벽까지 송별회가 이어졌다는 걸 완전히 잊은 듯 의욕이 넘치는 얼굴이었다. 다들 입을 삐죽거리면서 회의 자료와 수첩을 챙겼다. 나는 커피를 한 잔 더 탔다.

구뿐 아니라 모두가 인정하는 에너자이저. 가장 일찍 출근하고 가장 늦게 퇴근하는 데다 주말에도 나와서 일하는 워커홀릭.* 그 와중에 친구와 인터넷 쇼핑몰을 운영해서 월 천만 원의 매출까지 올린다고 하니, 홍은 슈퍼히어로 수준의 에너지를 소유하고 있는 게 분명하다. 오죽하면 동에 번쩍 서에 번쩍 한다고 해서 별명이 홍길동일까. 공과 사의 구분이 명확해서 인간미가 없다는 평이 있지만 디자인 감각이 뛰어난 데다 기획력까지 갖춰서 통합 디자인팀의 팀장으로 거론되고 있다. 빈틈없는 스타일에 불도저처럼 밀어붙이는 추진력, 눈빛으로 상대를 제압하는 카리스마까지 있으니 그녀만 한 적임자가 없을 것이다. 나와 동갑이지만 사회적 지위나 재력만 놓고 보면 그녀는 나보다 더 어른이고 저만치 앞에서 걸어가고 있다. 물론 신체나 피부 나이 같은 건 내가 이모뻘쯤 되겠지만.

* 워커홀릭(workaholic) 일에 중독된 상태, 혹은 일 중독자를 가리키는 말.

"디자인팀 통합이 빠르게 진행될 것 같아요. 아시겠지만 그렇게 되면 인원 감축은 피할 수가 없습니다. 앞으로 맡은 업무에 더욱 충실해 주시고 근태*에 신경 좀 써 주세요."

통합과 감축에 대해 말하는 홍의 목소리는 몹시 사무적이었다. 이럴 때 홍의 팀에 속해 있는 것이 플러스가 될지 마이너스로 작용할지 감이 오지 않았다. 나는 회의 수첩에 홍의 말을 두서없이 받아 적었다.

회의는 다음 달에 있을 L그룹의 홈페이지 리뉴얼 작업과 신규 브랜드의 홈페이지 구축 쪽으로 넘어갔다. 홍이 말할 때마다 구가 민첩하게 의견을 내놓았다. 회식 다음 날인데도 두 사람 다 자세가 꼿꼿하고 의욕이 넘쳤다. 커피를 한 잔 더 마셨지만 내 머릿속에 낀 안개는 걷힐 기미가 보이지 않았다. 회의 내내 나는 열등인, 낙오자의 심정으로 구와 홍을 우러러봤다. 두 사람 다 어제 호프집 감자탕 노래방으로 이어진 회식의 풀코스를 적극적으로 소화하고 해장국으로 마침표까지 찍은 다음 택시를 타고 사라졌다는데, 피곤해하는 기색이 전혀 없었다. 나는 하품 때문에 벌어지는 입을 손으로 겨우 가렸다. 아무래도 저들과 나는 종(種) 자체가 다른 것 같았다. 연달아 터져 나오는 하품 때문에 눈물이 찔끔, 비어져 나왔다.

"당분간 야근해야 되겠는데요?"

* 근태 부지런함(근면)과 게으름(태만). 혹은 출근과 결근을 아울러 이르는 말.

구의 말에 홍이 웃으며 고개를 끄덕거렸다. 나는 회의 수첩에 야근,이라고 쓰고 그 옆에 워커홀릭, 사람 같지도 않은 것들,이라고 적었다. 그러자 불현듯 전남편이 보낸 청첩장이 떠올랐다. 청첩장의 빳빳한 모서리가 쓰린 속을 확 긁고 지나갔다.

당장 야근을 해야 하는데 백수 동생이 요구하는 금액은 자꾸 올라갔다. 일도 못하는 주제에 배짱만 두둑해졌다. 이번 기회에 전문적인 도움을 받는 게 나을 것 같았다. 구조 조정에서 살아남으려면 그런 투자가 필요한 시점이기도 했다. 검색창에 '가사 도우미'라고 치자 관련된 파견 업체 목록이 쭉 나왔다. 먼저 카페와 블로그에 들어가서 도우미를 썼던 경험자들의 조언과 사연을 꼼꼼히 읽어 봤다. 글을 읽다 보니 도우미를 써서 편하고 좋았다는 글보다 잘못 쓴 도우미 하나가 삶을 얼마나 황폐하게 만드는지에 대한 고발 같은 게 더 많았다. 자꾸 뭘 집어 가는 것 같아요, 내 돈 내고 쓰는 건데 뭐 하나 시키려고 해도 눈치가 보여요, 도우미 아줌마가 온 후로 애가 욕을 하고 행동이 거칠어졌어요. 그래서 카페에 올라온 대부분의 글이 좋은 도우미를 구합니다, 가족처럼 일해 주실 분 구함,이라는 제목을 달고 있었다. 그에 비하면 파견 업체의 광고 문구는 화려함 그 자체였다. 전문 인력 완비, 당신이 원하는 완벽한 도우미, 친정엄마 같은 꼼꼼함, 당신에게 딱 맞는 맞춤형 서비스……. 홈페이지만 보고 제대로 된 업체를 골라낸다는 건 포장된 상자만 살펴보고 그 안에 든 내용물이 뭔지 알아맞히는 것만큼이나 어려웠다. 중간에 그만두고 다시 동생에게 전화를 걸고 싶은 마음이 굴뚝 같았지만, 나는 인내심을 가지고 파견 업체의 홈페이지를 하나 하나 열어 보았다.

'로봇 도우미의 세계'라는 이름의 사이트를 발견한 건 기계적으로 마지막 페이지까지 클릭한 후였다. 사이트의 주소는 맨 마지막 페이지의 중간쯤에 있어서 눈에 띄지 않았고 지나치기도 쉬웠다. 나는 기대감 없이 주소를 클릭하고 사이트를 훑어봤다. 흥미를 끈 건 회사의 소개 글이었다.

아직도 한국말이 서툰 도우미를 쓰고 계십니까? 검증받지 못한 가사 도우미 때문에 불안하십니까? 로봇의 신개념, 진화된 청소 로봇, 요리 로봇, 베이비시터 등 각종 로봇이 당신의 삶을 윤택하게 만들어 드립니다. 인간의 삶은 계속 진화하고 있습니다. 많은 회원들이 비밀리에 이 혜택을 누리고 계십니다.

'비밀리에'라는 문구가 호기심을 자극했다. 도우미 알선 업체의 비밀 혜택이라는 게 대체 뭘까. 좀 더 자세히 알고 싶었지만 모든 서비스는 회원 가입 후에 이용이 가능했다. 문의 사항은 메일을 통해서 접수했지만 답변은 가입한 후에만 받아 볼 수 있었다. '회원 가입'을 누르자 '저희 회사의 가입 기준은 매우 까다로우며 엄격한 심사 기준을 거친 분만이 로봇 도우미의 세계를 이용하실 수 있습니다. 가입 거부에 대한 문의는 따로 받지 않습니다.'라는 팝업 창이 떴다. 회원 가입마저 까다로운 걸 보니 과연 비밀리에 누릴 만한 혜택이 존재하는 모양이었다. 나는 기대 반 걱정 반의 심정으로 회원 가입에 필요한 사항을 입력하고 신청 버튼을 눌렀다. '로봇 도우미에 대해서 자세히 알고 싶습니다.'라는 내용의 메일도 보냈다. 사실 연봉이나 부동산에 대한 항목 때문에 가입에 큰 기대를 걸지는 않았다.

삼십 분쯤 후 '가입 승인, 답변 완료'라는 문자 메시지와 함께 회원 번호가 도착했다.

로봇 도우미는 일종의 사이보그*라고 할 수 있습니다. 모든 면에서 인간과 유사하며 특화된 프로그램 장착으로 업무 수행 능력은 일반인보다 더 뛰어납니다. 하나의 사이보그로 가사 도우미, 베이비시터는 물론 간단한 사무부터 디테일한 업무까지 가능합니다. 사이보그의 종류에는 일반 사이보그와 주문자를 그대로 본떠 만든 트윈 사이보그가 있으며, 트윈 사이보그의 경우 발급 기준이 더욱 까다롭습니다. 로봇 도우미를 통해서 새로운 기계 문명의 세계를 접하시기 바랍니다.

기계 문명의 세계라……. 친숙하면서도 생경한 단어에 살짝 거부감이 일었다. 로봇이니까 당연히 기계겠지만, 기계라는데 괜찮을까 우려가 됐다. 인간미가 없다거나 기계 문명의 삭막함이 싫다는 문제 때문이 아니라 기계라는 게 결국 인간이 관리

* 사이보그(cyborg) 생물 본래의 기관과 같은 기능을 조절하고 제어하는 기계 장치를 생물에 이식한 결합체. 이 소설에서는 인간과 비슷하고 업무 수행 능력이 뛰어난 로봇을 가리킨다.

해 줘야 하는 거 아닌가, 관리를 못하면 더 골치 아파지지 않을까, 하는 염려 때문이었다. 머릿속에서는 이미 시스템이나 프로그램의 치명적인 오류 때문에 사이보그가 실수를 저질러서 생활이 엉망으로 변하는 장면들이 파노라마처럼 지나갔다.

업체 측은 내 걱정이 기우일 뿐이라고 일축했다. '로봇 도우미의 세계'에 있는 사이보그들은 기계라기보다 인간의 분신의 개념에 가깝다는 것이었다. 업체와는 여러 차례 메일을 주고받았다. 그들은 내게 트윈 사이보그 발급 가능 판정을 내렸다.

그사이 몇 군데의 도우미 알선 전문 업체에서 보낸 여자들이 우리 집을 거쳐 갔다. 한 명은 청소하는 방식이 마음에 들지 않았고, 한 명은 아이가 무서워했으며, 다른 한 명은 아이의 일주일 치 간식을 하루 만에 먹어 치웠다. 그래서 안 도와주는 남편보다 일 잘하는 도우미가 낫고, 말 많고 뺀질거리는 도우미보다 잘 만들어진 청소 로봇이 낫다는 업체 측의 말은 꽤 설득력 있게 다가왔다. 슬슬 로봇 도우미 쪽으로 마음이 기울었다. 우울증을 앓던 베이비시터가 아이를 토막 내서 죽이는 사건이 발생해서 세상이 시끄러워진 것도 결정에 큰 영향을 끼쳤다. 그사이에 아이는 낯선 사람과 지내는 일에 스트레스를 받아서 장염에 걸렸고 한동안 병원 신세를 졌다. 아줌마 안 오면 안 돼? 핼쑥해진 얼굴로 말할 때는 마음이 미어졌다. 아이 때문에 칼퇴근을 해서 사무실에서도 눈치가 보였다.

업체는 내게 트윈 시스템을 권했다. 절대로 후회하지 않을 거라고 힘주어 말했다.

놀라울 정도로 부지런한 사람. 피곤해하지 않고 여러 가지 일을 잘해 내서 주변의 부러움을 받는 사람. 갑자기 정신 차리고 완벽하게 변한 사람. 이런 사람을 의심해 본 적 없습니까? 그분들은 저희 회사의 트윈 사이보그를 이용하고 계실 확률이 높습니다. 트윈 사이보그 시스템을 이용하시는 고객 중에는 유명한 사업가나 연예인, 사회 각층에서 인정받는 분들이 많습니다. 트윈 사이보그의 용도는 무궁무진하며 많은 분들이 비밀리에 이 혜택을 누리고 계십니다.

트윈 사이보그 시스템에 대한 업체 측의 자신감은 대단했다. 발급 가능 판정을 받고도 누리지 않는 건 손해라고 했다. 사이보그에게 집안일을 맡긴다고 해서 인생의 시름이 반으로 줄어들거나 삶이 완전히 바뀔 거라고 기대하진 않았지만, 흥미가 생기는 건 사실이었다. 어차피 반복되는 일을 시킬 거라면 로봇이라도 상관없지 않을까. 업무만 잘해 낸다면 차라리 로봇 쪽이 낫지 않을까. 게다가 트윈이라면 아이가 느끼는 거부감도 줄어들지 않을까. 업체와 메일을 주고받다 보니 자연스럽게 그런 생각이 자리 잡았다. 게다가 일반 시스템과 가격대가 비슷했기 때문에 부담도 적은 편이었다. 물론 홍보 문구에 나오는 그런 완벽한 사람이 돼 보고 싶은 마음도 있었다. 나는 트윈 사이보그 시스템 이용에 동의한다는 내용의 이메일을 발송했다. ‘트윈’이라는 말은 복제라는 단어보다는 확실히 인간적으로 느껴졌다.

트윈 사이보그를 만들기 위해서는 그들이 요구하는 서류와 사진을 제출해야 하며 그들이 제작한 질문지에 상세히 답변해야 했다. 첨부파일의 양은 방대해서 책 한 권 분량에 가까웠다. 가족, 교우관계부터 가정환경, 기질과 성격, 성향에 대한 질문까지, 그것은 거의 한 인간의 생애에 대해 묻고 있었다. 질문의 세심함에 뭔가 제대로 만드는가 보다, 믿음이 가면서도 한편으로는 이 정도면 인권 침해가 아닌가 싶어 불편하기도 했다. 하지만 성의 없는 답변 때문에 사이보그를 만드는 데 오류가 생길까봐 심혈을 기울여서 체크했다. 다양한 용도를 위해 회사 조직도와 주로 하는 업무에 대한 상세 파일, 동료들의 사진, 성격과 주의 사항까지 보내야 했다. 질문 중에는 사진 찍을 때 어떤 포즈를 자주 취하는지, 배추김치를 썰어 놓으면 어느 부분부터 먹는지 하는 것까지 있었다.

현재 고객님의 사이보그가 제작 중에 있으며, 사용 장소와 시간, 업무 내용을 미리 알려 주시면 보다 편리하게 이용하실 수 있습니다. 주문 내용은 언제든 변경이 가능하며 하루 전에 미리 연락해 주시기 바랍니다. 변경 시 복장과 헤어스타일, 주의 사항 등을 자세히 알려 주셔야 차질 없이 이용 가능하십니다.

내가 보낸 답변과 내부에서 팽창해 가는 두려움과 기대에 비해 이메일의 내용은 간략했다.

이틀 후 나와 똑같이 생겼지만 내가 아닌 '어떤 것'이 우리 집에 도착했다. 현관문 앞에 서 있는 '그것'을 보는 순간 머리끝이 쭈뼛 서고 팔에 소름이 돋았다. 사진이나 거울 속의 나를 보는 것과는 느낌이 달랐다. 손님을 대하듯 어서 오세요, 들어오세요,라고 해야 할지 물건을 대하듯 번쩍 들고 들어와야 할지 몰라서 나는 멍하게 서 있었다. '그것'은 주위를 민첩하게 둘러보더니 집 안으로 쏙 들어왔다.

업체에서 보낸 유의 사항에는 사이보그와 함께 있는 모습을 주변 사람에게 들키지 말 것, 들켰을 경우 쌍둥이라고 둘러댈 것, 특히 가족을 조심할 것……. 기계의 결함이 아닌 경우 발생하는 모든 사고에 대해 회사는 어떠한 책임도 지지 않으며…… 등의 내용이 장황하게 적혀 있었다. 개인이 모든 책임을 떠안아야 한다는 점에서 인터넷 쇼핑몰에 가입할 때 '동의함'이라고 체크해야 하는 이용 약관과 비슷했다.

아무튼 함께 있는 모습을 들키지 않기 위해서 '그것'은 내가 출근한 다음에 아이를 어린이집에 데려다주었고, 나는 아이가 잠든 걸 확인한 뒤 집에 들어갔다. '그것'은 확실히 가사 업무에 능숙했다. 집은 아이가 갖고 노는 '인형의 집' 세트처럼 깔끔해졌다. 싱크대에는 물방울 하나 남아 있지 않았고 욕실 바닥은 맨발로 들어가도 될 정도로 보송보송했다. 베란다 창문은 반짝거렸고 세탁물은 섬유 유연제의 향을 풍기며 반듯하게 개켜져 있었다. 이를테면 '그것'은 최고의 청소 로봇이자 완벽한 식기

세척기, 구김 방지 스팀 기능은 물론 개킴 기능까지 추가된 세탁기였다. 요리 솜씨도 뛰어나서 한식은 물론 케이크와 쿠키까지 척척 만들어 냈다. 그뿐 아니라 새로운 할 일이 생길 경우 하루 전, 급한 일은 한 시간 전에 업체 측에 연락하기만 하면 '그것'이 잡음 없이 처리해 주었다.

첫날 현관문 앞에서 충격적인 첫 대면을 한 뒤로 '그것'과 마주친 적이 없어서, 시간이 지날수록 나와 똑같이 생긴 무언가가 아이와 함께 지내고 집 안을 돌아다니며 일한다는 기묘한 으스스함에서도 해방될 수 있었다. 가장 만족스러운 점은 '그것'이 아이와 잘 지낸다는 것이었다. 어린이집 알림장에는 아이가 엄마와 지내는 시간이 많아져서인지 울고 짜증 부리는 일이 많이 줄었으며 어린이집 생활도 잘하고 있다는 메모가 남겨져 있었다. 집안일과 아이에 대한 부담이 줄어든 덕에 나도 모처럼 회사 일에 집중할 수 있었다. 반복되는 야근에도 지각하지 않자 구가 선배 요즘 보약 먹어? 하고 물었다. 보약은 무슨. 나는 씩 웃어 보였다.

"청첩장 받았지?"

통화 버튼을 누르자 전남편의 목소리가 튀어나왔다. 안경을 찾아 쓰면서 나는 인상을 확 구겼다. 잠에서 깨자마자 대화를 나눌 상대가 전남편이라는 건 별로 유쾌한 일이 아니었다. 전남편이 결혼을 앞두고 있는 상황이라면 더욱 그렇다.

"재주도 좋아, 그사이에 청첩장을 다 찍고."

"빈정거리지 마. 저번에 말했잖아."

하긴 이런 일이 생길 수 있다고 말한 적은 있다. 하지만 그땐 정말 청첩장을 찍어서 보낼 거라고는 예상하지 못했다.

석 달 전인가 아이랑 놀이공원에 가겠다고 나가더니 늦었는데도 아이를 데려다주지 않고 연락도 없었다. 전화를 걸어서 "어디야?" 하고 묻자, "현관문 좀 열어." 하는 목소리가 가까이에서 들렸다. 아이를 안고 문 앞에 서 있는 전남편은 놀이공원에서 아이에게 시달려서인지 다섯 살은 더 늙어 보였다. 내가 쳐다보자 "오고 싶어서 온 거 아니야. 애가 자서 어쩔 수 없이 올라온 거지." 하며 툴툴거렸다. 하지만 변명과는 달리 "커피 한잔 주라." 하더니 들어와서 소파에 앉았다.

물을 끓이고 잔을 꺼내는데 기분이 좀 이상했다. 평소 같으면 아이가 자도 공동 현관문 앞에서 지윤이 데리고 올라가라고 전화했을 인간이다. "좀 올려다 주면 어때서? 남의 애냐?" 내가 쏘아붙이면 한숨 한번 쉰 뒤 "거길 뭐 하러 올라가." 퉁명하게 대꾸해서 사람 속을 뒤집어 놓았다. 현관문 안으로 발을 들이면 발목이 잘리기라도 할 것처럼 유난을 떨더니 그날은 웬일로 먼저 커피를 달라고 하더니 애를 직접 침대에 누이기까지 했다. 다시 한번 생각해 볼 수 없냐? 그래도 애한테는 부모가 다 있어야 하는데. 갑작스럽게 걸려 온 시어머니의 전화도 그렇고, 이상한 점이 한두 가지가 아니었다. 혹시 저 인간이 수 쓰는 거 아니야? 의심이 들었지만 모르는 척했다. 무슨 일이 있어도 재결합은 안 할 거다, 결의를 다지면서.

커피를 한 모금 마시고 나서 전남편은 손바닥을 마주 대고 천천히 비볐다. 쩍 벌린 무릎 근처에서 마주 닿은 두 손은 깍지를 낄 듯 말 듯 아슬아슬하게 비벼지고 있었다. 그건 뭔가 할 말이 있다는 표시였다. 결혼 전에 별 볼 일 없는 프러포즈를 할 때도, 이혼 이야기를 꺼낼 때도 그는 그렇게 손바닥을 비볐다. 마치 고백이 손바닥의 예열에서 시작되는 듯이. 헤어진 마당에 전남편의 버릇 같은 걸 기억하고 있다는 게 구질구질했지만, 그런 건 헤어졌다고 지워지는 게 아니었다. 입을 열 때까지 기다렸지만 전남편은 커피 한 잔을 다 비울 때까지 멀뚱거리며 손바닥만 비벼 댔다.

"할 말 있으면 빨리 해."

"좀 기다려 봐. 넌 꼭 그렇게 서두르더라. 그 버릇 아직도 못 고쳤냐?"

뜸 들이는 네 버릇은 어떻고? 나는 인상을 쓰며 쳐다봤다. 전남편은 빈 잔을 입으로 가져갔다가 내려놓더니 다시 손바닥을 비비적거렸다.

"나 요즘 만나는 사람 있어. ……결혼 말도 오가고, 진지해."

"이혼한 거 그쪽이 알아?"

전남편이 고개를 끄덕거렸다.

"애는? 애 있는 것도 알아?"

"말할 거야."

네가 참 말하겠다. 양육비 보낼 때마다 속 썩이고 자주 들여다보지도 않으면서. 만남은 진지할지 모르지만 애 얘기를 꺼내면 쉽지 않을걸. 나는 속으로 비웃었다. 비웃음의 밑바닥에는 재결합 제의를 거절할 기회를 놓쳤다는 낭패감과 저 인간이 진지한 만남을 가질 동안 나는 뭘 하고 살았나 하는 열등감이 뒤엉켜 있었다.

그런데 그런 나를 비웃듯 청첩장이 도착했고 결혼 날짜는 성큼성큼 다가오고 있다.

"청첩장에 쓴 메모 봤지? 지윤이 늦지 않게 보내."

청첩장의 아래쪽, 약도 부분에는 분홍색 포스트잇이 붙어 있었다.

'결혼식 때 지윤이를 화동으로 세우고 싶은데 괜찮지? 의미 있잖아. 집사람도 좋다고 하고. 드레스 고르게 토요일 날 보내.'

화동이라는 말보다 집사람이라는 말 때문에 기가 차서 코웃음이 나왔다.

"어떻게 될지 모르니까 기대하지 마."

청첩장을 어디다 처박아 놨는지 기억도 나지 않았다. 화동이고 뭐고, 아빠는 외국에 나가서 이제 못 본단다, 엄마랑 둘이서 행복하게 살자, 다시는 만나게 하지도 않을 작정이었다. 하지만 자고 있는 아이의 얼굴은 점점 더 전남편을 닮아 갔다. 그걸 볼 때마다 마음이 물에 불린 미역처럼 흐물흐물해졌다.

몸살이라도 걸려 주었으면 하는 때가 있는가 하면 절대로 아파서는 안 되는 때가 있다. 내 인생이 그런 절묘한 타이밍과 극적으로 불화하며* 진행되어 왔다는 건 알고 있었지만, 아이디어 회의와 업무 분담이 있는 날 뻗어 버릴 줄은 몰랐다. L그룹은 우리 회사의 VIP 고객인 데다 그 홈페이지의 리뉴얼 작업 결과에 따라서 팀이 통합될 때 생사 여부가 결정되는 상황이기 때문에 회의에 꼭 참석해야만 했다. 하지만 마음과 달리 몸은 불덩이인 데다 팔다리는 반쯤 녹은 엿가락처럼 늘어져서 수습이 안 됐다. 다 죽어 가는 목소리를 듣고도 홍은, 하필이면 오늘 같은 날 아프단 말이에요? 하면서 혀를 찼다. 늦어도 10시 반까지 출근하라는 말에 눈물이 핑 돌았다.

이럴 때에 대비해서 트윈 사이보그를 신청했는데도 회사에 보내는 건 아무래도 께름칙하고 마음이 놓이지 않았다. 자리만 채우면 되니까 하루 정도는 괜찮겠지. 능력 있는 사업가와 연예인 들도 사용한다는데 별일 없을 거야. 업체에 전화를 걸고 주문을 넣으면서도 고열보다는 불안함 때문에 덜덜 떨었다. 약을 먹고 자다 깨기를 반복하는 동안, 꿈속에서 '그것'은 팔다리가 부러진 채 사무실 밖에 버려졌고 나는 일자리를 구하지 못해 전남편에게 아이를 빼앗겼다.

* 불화하다 서로 화합하지 못하다. 또는 서로 사이좋게 지내지 못하다.

다음 날 출근하자 홍이 나를 자료실로 불렀다. 호출된 순간부터 홍이 입을 열 때까지 온몸에서 식은땀이 솟아났다.

"메인 페이지 맡길 테니까 어제 말한 대로 진행해 봐요. ……평소에도 그렇게 적극적인 태도로 참여하면 좋잖아. 꼭 인원 감축이라는 극약* 처방이 있어야만 실력 발휘할 거예요? 이번에 L그룹 건 기대할게요."

홍의 그윽한 눈길에 나는 어안이 벙벙해졌다. 중대한 회의라 잘못하면 잘릴지도 모른다는 주문에는 절박함이 담겨 있었지만 아이디어를 내라거나 실력을 발휘하라는 내용은 없었다. 하지만 위기 상황이 닥치자 잘릴지도 모른다는 말 때문에 '그것'이 나선 모양이었다.

업체로부터 어제의 상황에 대해 상세히 전달받았다. 그래서 단순한 기계가 아니라 분신이라는 겁니다. 담당자의 목소리에는 자신감이 넘쳤다. 나는 메인 페이지를 따냈다는 사실보다 '그것'이 사고를 치지 않았다는 사실에 더 안도했다.

어제 회의의 여파 때문인지 사무실은 술렁거렸다. 홍뿐 아니라 회의에 참석한 사람들 모두가 나의 활약에 놀란 눈치였다. 이 작업에서 밀려난 동료의 표정이 어두웠다. '그것'이 홍의 신임을 얻어 냈다는 게 도무지 믿어지지 않았다.

문제는 '그것'이 내놓은 아이디어를 내가 도저히 표현해 낼

* 극약 극단적인 해결 방법을 비유적으로 이르는 말.

자신이 없다는 데 있었다. 그렇다고 모두가 기대하는 아이디어를 버리고 쉬운 방향으로 갈 수도 없고, 이제 와서 그건 내가 내놓은 의견이 아니라고 발뺌할 수도 없었다. 애석하게도 조언을 구하고 도움을 청할 만한 곳은 트윈 사이보그를 파견한 로봇 도우미의 세계뿐이었다. 담당자는 이 웹디자인 작업을 '그것'에게 맡겨 보는 게 어떻겠느냐고 제안했다. 일단 회사에서 살아남는 게 중요하지 않습니까? 담당자가 보낸 메일 속의 문장은 담담했다.

다음 날부터 아이를 어린이집에 데려다주는 일은 내 몫이 되었다. 집에 와서 대충 청소를 해 놓고 회사에 들러서 '그것'과 교대했다. 웹 구축 능력도 뛰어나고 플래시를 다루는 솜씨도 수준급이라 '그것'이 일하는 한 내가 잘릴 염려는 없어 보였다. 교대라고는 하지만 일을 한다기보다 일의 진척*을 확인하는 정도라서 내가 회사에 머무는 시간은 점점 짧아졌다.

디자인 작업은 열흘 정도면 마무리될 것 같았다. 그동안은 '그것'이 회사 일을 온전히 맡기로 했다. 예상하지 못한 휴가가 생겨서 신날 줄 알았는데 묘하게 공허하고 불안했다. 여유가 생기면 화장품도 만들고 청첩장을 찍을 만큼 진지한 만남도 가질 수 있겠지, 막연한 기대를 품었지만 생각만큼 한가하지도 의욕이 생기지도 않았다. 집에 있다 보니 자연스럽게 집안일에 매여

* 진척 일이 목적한 방향대로 진행되어 감.

갔다. 부지런히 움직여도 욕실 바닥에는 물기가 흥건했고 싱크대 밑에서는 바퀴벌레가 기어 나왔다. 시간을 들여 음식을 만들어 주면 아이는 맛없어, 저번에 해 준 거 그거 먹고 싶어, 하면서 투정을 부렸다. 좋은 점이라고는 월차를 쓰지 않았는데도 아이와 애니메이션을 볼 수 있었다는 것뿐이었다. 나는 유배지에 와 있는 죄인처럼 회사에 복직할* 날만 기다렸다.

가사 업무에서 벗어나고 싶어서 안달이 나 있던 터라 업체 쪽에서 보낸 '홈페이지 작업 완료'라는 메시지는 몹시 반가웠다. 나는 모처럼 미용실에 다녀왔고 답 문자 대신에 바꾼 헤어스타일을 휴대폰으로 찍어서 담당자에게 보냈다. 머리는 마음에 들었고 콧노래가 절로 나왔다. 아침 내내 흥얼거리던 노래는 L그룹 쪽에서 수정 작업을 의뢰하는 바람에 뚝 끊어졌다.

"오전 중에 가능하죠?"

홍이 수정할 부분을 체크해서 가져왔다. '그것'을 불러서 교대하기에는 상황이 여의치 않았고 시간도 촉박했다. 직접 하는 수밖에 없었다.

결과물을 본 홍의 얼굴이 굳어졌다.

"이거 수정한 거예요? 어떻게 수정 전보다 더 안 좋아. 오늘 왜 그래요? 자기답지 않게."

내가 고개를 숙이자 홍이 가까이 와서 목소리를 낮췄다.

* 복직하다 물러났던 관직이나 직업에 다시 종사하다.

"그동안 과로해서 피곤한 거 같은데 오늘은 일찍 들어가서 쉬고 내일 제대로 마무리해 줘요."

그 말은 마치 교대할 시간을 줄 테니 '그것'을 데려오라는 은밀한 주문 같았다. 심각한 표정으로 모니터를 바라보고 있는데 메신저 대화창이 떴다. 구였다.

선배, 오랜만에 홍한테 깨졌네. 그동안 죽이 척척 맞아서* 일하더니 웬일이야? 실수를 다 하고.

빈정거리는 구의 목소리가 들리는 듯했다. 홍에게 깨진 건 아무렇지도 않았다. 내가 속상한 건 열흘 만에 사무실에 복귀해 보니 모든 게 예전 같지 않다는 것이었다. 구와 홍에 대한 험담으로 친목을 도모했던 동료들은 나를 노골적으로 피했다. 작업에서 밀려난 동료는 보이지 않았고 다른 몇 사람도 감원* 대상으로 결정됐다는 소식이 들려왔다. 빈정거려 주는 구가 오히려 고마울 정도였다.

그 후로 오늘 좀 이상하네,라는 말을 몇 번이나 더 들었다. '그것'이 회사 생활을 어떻게 했을지는 뻔했다. '여러 가지 일을 잘하는 사람, 갑자기 정신 차리고 완벽하게 변한 사람.' 업체가 자랑하는 그대로 활약했을 것이다. 몇 년 동안 일해 온 곳이고 함께 지낸 사람들인데 열흘 만에 쌓아 온 세월이 다 와해된* 기

* 죽이 맞다  서로 뜻이 맞다.
* 감원  사람 수를 줄임. 또는 그 사람 수.
* 와해되다  조직이나 계획 따위가 산산이 무너지고 흩어지게 되다.

분이었다. 그들을 어떤 시선으로 바라보고 어떻게 행동하고 말해야 할지 혼란스러웠다. 모든 게 막막했지만 그 와중에도 한 가지만은 확실히 알 수 있었다. 그건 지금 사무실에 있는 사람들이 원하는 게 내가 아니라는 점이었다.

'그것'의 업무 변환에 대한 업체 측의 입장은 명확했다. 자본주의 사회에서는 능력이 뛰어난 분야에서 활약하는 것이 더 효율적이라고 생각합니다. 그들은 내 의사를 존중하겠다고 했지만, 감정에 치우치지 말고 현재 상황과 회사의 분위기에 대해 냉정하게 판단하라고 충고했다.

내 메일에는 '그것'의 출근과 퇴근 시간, 일일 업무 보고서가 차곡차곡 쌓여 갔다.

결혼식을 앞두고 아이는 잔뜩 흥분했다. 내일 안 가면 안 돼? 라고 했다가 엄마, 드레스 너무 예쁘지? 집에 갖고 와서 입어도 돼? 하면서 떠들다가 겨우 잠들었다. 침대에 누운 나는 오래오래 뒤척였다. 전남편의 결혼식이 내일이라는 것도, 일자리를 '그것'에게 완전히 내줬다는 것도 다 믿어지지 않았다. 실타래는 잔뜩 엉켜 있는데 가위로 싹둑 자를 용기도 없었다.

일어나자마자 드레스를 입고 뛰어다니는 아이를 얼러서 밥을 몇 숟갈 먹였다. 아무리 생각해 봐도 전남편의 결혼식에 가서 박수를 치고 밥을 먹을 정도로 속 좋은 인간은 못 되는 것 같았다. 그렇다고 아이만 보낼 수도 없어서 결국 업체에 연락했다.

'전남편의 결혼식에 아이를 데리고 가는 복장과 태도'에 대해서도 상세히 설명했다. 주문을 할 때마다 내 인생의 밑바닥은 물론이고 주변 사람들의 삶까지 모조리 까발려지는 것 같아 참담했다.

베란다에 서서 '그것'이 아이와 함께 차에 타는 모습을 지켜보았다. 아이는 드레스 때문에 신이 나서 깡충깡충 춤을 췄다. 엄마와 함께 있다는 사실에 대해 한 치의 의심도 없는 몸짓이었다. 아이는 정말 '그것'이 엄마라고 믿는 걸까. 엄마와 '그것'이 다르다는 걸 전혀 눈치채지 못하는 걸까. 왜? 왜 모르는 거지? 진심으로 궁금했지만 물어볼 수 없었다. '그것'은 정말 나와 완전히 같은 걸까. 나조차도 알 수 없었다.

창문을 열고 청소를 시작했지만 정신을 차리면 어느새 의자에 멍하니 앉아 있었다. 텔레비전을 틀었지만 눈에 들어오지 않았다. 회사에 갈 수도 없었다. 거기에는 대리로 승진한 '그것'이 처리할 일만 쌓여 있었다. 집 안을 서성거리다가 결국 옷을 갈아입고 모자를 눌러썼다. 잠깐 보고 온다고 큰일이 생길 것 같지는 않았다.

아는 얼굴을 만날까 봐 사람들 틈에 숨어서 결혼식을 지켜봤다. 화관을 쓰고 드레스를 입은 아이가 바구니 안에 든 꽃잎을 뿌리면서 입장했다. 어디서 배웠는지 사람들을 보면서 생긋생긋 웃는 여유까지 부렸다. 아이 때문인지, 결혼하는 게 신나서 그런지 뒤따라 들어가는 전남편의 얼굴에도 웃음이 가득했다. 그 둘의 얼굴이 몹시 닮았다는 사실이 절망스러웠지만, 드레스를 입은 아이의 모습은 공주처럼 예뻤다. 보고 있자니 코끝이 시큰해졌다.

아이가 꽃잎이 다 떨어진 바구니를 하객 쪽으로 던지는 바람에 식장 안은 웃음바다가 되었다. 당황한 아이가 두리번거리자 '그것'이 번개같이 출동해서 아이를 안고 들어왔다. 나는 순간적으로 튀어 나가려다가 멈칫했다. 어떤 상황에서도 함께 있는 모습을 들켜서는 안 되는 것이다. 엄마가 나타나서 구해 주자 안심이 되었는지 아이는 하객들을 향해 손을 흔들었다. 아이의 손짓에 한복을 입은 노인네들이 박수를 치며 좋아했다.

자신의 전남편이 아니라서 그런지 '그것'은 순서가 끝날 때마다 오늘의 주인공인 부부를 향해 박수를 보냈다. 식이 끝난 뒤에는 다정하게 인사까지 나누었다. 아무래도 '전남편의 결혼식에 참석하는 태도'가 내가 예상한 것과는 다른 뉘앙스로 입력된 것 같았다. '그것'의 행동은 할리우드에서나 볼 수 있는 것이었다. 전처의 축하에 전남편 부부는 흐뭇한 미소로 화답했다. 저런 행동이 나답지 않다는 걸, 나라면 절대로 저럴 수 없다는 걸 저 인간은 정말 모르는 걸까. 달려가서 따지고 싶었지만 '그것'과 함께 있는 모습을 들키지 않기 위해서 서둘러 식장을 빠져나와야 했다.

화창한 토요일인 데다 주변에 예식장이 몇 군데 더 있어서 거리에는 사람들이 많았다. 하객의 본분을 지키기 위해 다들 한껏 차려입은 모습이었다. 결혼식 덕분에 오랜만에 얼굴을 보게 된 사람들이 삼삼오오 모여서 과장되게 웃고 떠들었다. 부케에서 떨어진 꽃잎과 하늘하늘한 한복 자락이 거리를 쓸고 다녔다. 맞은편에서 걸어오는 후줄근한 추리닝 차림의 여자는, 그래서 더욱 눈에 띄었다.

여자는 어디를 보는 건지 알 수 없는 표정을 하고 거리를 좁혀 왔다. 낯이 익은 얼굴이었지만 누군지 떠오르지 않았다. 어디서 봤더라? 생각하는데 나를 발견한 여자의 눈빛이 심하게 흔들렸다. 눈이 마주치자 여자는 고개를 돌려 외면해 버렸다. 그리고 존재를 감추려는 듯 빠르게 걷기 시작했다. 여자가 허둥대며 내 옆을 지나갈 때 그녀가 누군지 떠올랐다. 반쯤 지워진 얼굴로 걸어가는 여자는 바로, 홍과 똑같은 홍이었다.

## 활동

1. 소설의 사건 전개에 따른 주인공 '나'의 심리 변화를 파악해 다음 괄호 안을 채워 봅시다.

'나'와 똑같이 생겼지만 내가 아닌 '그것'이 우리 집에 도착해 가사 업무를 처리함.

두려움과 기대 → (                    )

아픈 '나'를 대신해 '그것'이 회사에서 업무를 처리함.

(                    ) → 안도 → 공허함 → (                    ) → (                    )

2. 작품 속 '그것'의 등장으로 '나'의 삶에 어떤 변화가 생겼는지 생각해 써 봅시다.

| | 집 | 회사 |
|---|---|---|
| 긍정적 변화 | • '그것'이 능숙하게 가사 업무를 처리하고, 아이와 잘 지냄.<br>• | |
| 부정적 변화 | | • 친목을 도모했던 동료들이 나를 노골적으로 피함.<br>• |

**3. 다음은 이 소설을 읽은 후 토론한 내용입니다. 〈보기〉에서 적절한 사자성어를 골라 괄호 안을 채워 봅시다. 그리고 '트윈 사이보그(로봇)'에 대한 자신의 의견을 한 가지 선택하고 그 이유를 써 봅시다.**

A: '트윈 사이보그'가 가사 업무와 회사 일 모두를 완벽하게 처리할 수 있다는 것은 좋은 일이야. 가사 업무를 대신할 때는 내가 회사 일에 집중할 수 있고, 몸이 아플 때는 회사 일을 대신할 수 있다니 (　　　　　)이 아닐까? 로봇이 인간의 삶을 윤택하게 만들었다고 생각해.

B: '여러 가지 일을 잘하는 사람, 갑자기 정신 차리고 완벽하게 변한 사람'이라는 업체의 자랑대로 '트윈 사이보그'는 회사에서의 '나'의 자리를 빼앗았어. 사무실 사람들이 원하는 게 원래 내가 아니고, 아이도 전남편도 나와 로봇의 차이를 알아채지 못하는 지경에 이르게 됐지. 이건 (　　　　　)가 아닐까? 로봇이 인간의 삶을 황폐하게 만들었다고 생각해.

보기 ▶ **유유자적(悠悠自適)** 속세를 떠나 아무 속박 없이 조용하고 편안하게 삶.
**일거양득(一擧兩得)** 한 가지 일을 하여 두 가지 이익을 얻음.
**주객전도(主客顚倒)** 주인과 손의 위치가 서로 뒤바뀐다는 뜻으로, 사물의 경중·선후·완급 따위가 서로 뒤바뀜을 이르는 말.
**좌불안석(坐不安席)** 앉아도 자리가 편안하지 않다는 뜻으로, 마음이 불안하거나 걱정스러워서 한군데에 가만히 앉아 있지 못하고 안절부절못하는 모양을 이르는 말.

□ '트윈 사이보그'가 인간의 삶을 윤택하게 만든다.
□ '트윈 사이보그'가 인간의 삶을 황폐하게 만든다.

선택 이유:

4. **작품 속의 다음과 같은 몇몇 대목들은 현대 사회의 단면을 엿볼 수 있게 해 줍니다. 여기에 나타난 문제점이 무엇인지 이야기해 봅시다.**

- "요즘 일 잘하고 애 잘 키우고 자기 관리 끝내주게 하는 싱글맘 들이 얼마나 많은데. 선배도 생각을 좀 바꿔 봐. 왜 여자라는 걸 포기하려고 그래."
- 구뿐 아니라 모두가 인정하는 에너자이저. 가장 일찍 출근하고 가장 늦게 퇴근하는 데다 주말에도 나와서 일하는 워커홀릭.
- 회식 다음 날인데도 두 사람 다 자세가 꼿꼿하고 의욕이 넘쳤다. (…) 회의 내내 나는 열등인, 낙오자의 심정으로 구와 홍을 우러러봤다.
- '그것'의 업무 변환에 대한 업체 측의 입장은 명확했다. 자본주의 사회에서는 능력이 뛰어난 분야에서 활약하는 것이 더 효율적이라고 생각합니다. 그들은 내 의사를 존중하겠다고 했지만, 감정에 치우치지 말고 현재 상황과 회사의 분위기에 대해 냉정하게 판단하라고 충고했다.

문제점:

# 엇박자 D

김중혁

金重赫(1971~ ) 소설가.
2000년 『문학과사회』로 등단했다. 소설집 『펭귄뉴스』 『악기들의 도서관』 『1F/B1 일층, 지하 일층』 『가짜 팔로 하는 포옹』, 장편소설 『좀비들』 『미스터 모노레일』 『당신의 그림자는 월요일』 『나는 농담이다』 『딜리터』 등이 있다. 김유정문학상, 젊은작가상 대상, 이효석문학상, 동인문학상 등을 수상했다.

## 들어가며

무언가를 함께 해야 할 때 쉽게 동화되지 못하고 튀는 사람에게는 거부감이 일지요. 하지만 일부러 전체에게 해를 끼치는 행동을 하는 것이 아니라면, 그 사람이 어떤 특성이 있는지 먼저 이해하는 일이 필요해요. 생물종에도 다양성이 중요하듯이 개개인의 특성을 존중한 상태에서 전체적인 조화를 추구하는 것이 중요할 테니까요. 새로운 것을 지향하고 개성이 강하다는 의미로 사용되는 '힙하다'는 말이 있습니다. 누구나 다른 사람과 구별되는 고유의 특성인 개별성을 갖고 있으나, 이를 단점이라 여길지 개성이라 여길지는 각자의 몫이겠지요.

예전에는 학교에서 동아리 활동 시간을 자습으로 메꾸는 경우가 많았습니다. 그렇기에 합창을 목적으로 하지 않는 합창부, 독서를 하지 않는 독서부 등 모순투성이였어요. 하지만 '왜' 그래야 하는지 질문을 해 본 적이 없었고, 부당한 처분인지조차 생각해 본 적이 없었던 것 같습니다. 이 작품의 주인공은 자신이 박치, 음치인 줄도 모르는 엇박자 D입니다. 심지어 음악에 워낙 진심인지라 주변에서 이를 지켜보는 '나'는 좀 괴롭기도 합니다. 요즘 같으면야 음원의 강도, 노이즈 따위를 조절하는 믹싱으로 해결하겠지만, 20여 년 전에 엇박자 D의 음악 열정을 존중하면서 무대 공연을 무사히 끝낼 방법이 있었을까요?

이 작품을 읽다 보면 소수자를 어떤 태도로 대해야 할까, 정상이나 표준이라는 기준은 과연 누가 정하는가 등 여러 질문과 대답이 떠오릅니다. 치욕스러운 일을 당하면 트라우마가 되어 인생이 망가질 것이라는 통념을 깨고 오히려 '왜'라는 의문을 갖고 한 발 나아가는 엇박자 D의 태도에 뜨거운 "브라보"를 보냅니다.

화면 속으로 엇박자 D의 모습이 나타났다 사라졌다.

"잠깐 앞으로 돌려 봐. 방금 관객들 점프하는 장면, 좀 더, 좀 더…… 그래 거기."

DVD 편집 조감독이 화면을 정지시켰다. 정지해 놓고 보니 기괴한 장면이었다. 엇박자 D는 수많은 관객들 사이에서 우뚝 솟아올라 있었다. 사람들 머리 위로 그의 얼굴이 선명하게 보였다. 무대를 향해 환호하는 관객들 사이에서 그는 무표정하게 하늘로 솟구쳐 올라 있었다. 2미터가 넘는 꺽다리도 아니고, 발밑에 스프링이 달린 것도 아닌데 그는 어떻게 그렇게 높이 뛰어올랐을까. 편집 조감독이 물었다.

"왜요? 아는 사람이에요?"

"응, 옛날 친구야."

"친구가 높이뛰기 선수였어요? 엄청 높이 뛰어올랐네."

"일종의 착시 현상이지. 화면 돌려 봐."

편집 조감독은 조그셔틀*을 왼쪽에서 오른쪽으로 돌렸다. 도

* 조그셔틀 비디오 녹화기나 멀티미디어 장치에서 주행 조절과 영상 화면 선택을 빠르고 정밀하게 해 주는 편리한 조정 장치.

무지 무슨 소린지 모르겠다는 듯 고개를 왼쪽으로 오른쪽으로 돌렸다.

"아, 난 또 무슨 소린가 했네. 이 사람 엇박으로 뛰고 있네. 그런 거죠? 다른 사람들이 뛰어올랐다가 떨어지는 순간에 혼자 위로 뛰네. 높이뛰기가 아니라 널뛰기 선수였어요?"

"박자를 못 맞추는 거야."

"에이, 설마. 저렇게 일정하게 박자를 놓치는 사람이 어딨어요? 아니, 저 정도로 맞추려면 남다른 박자 감각이 필요하겠는데요?"

편집 조감독과 나는 촬영된 화면을 뒤져 엇박자 D가 등장하는 장면을 서너 개 더 찾아냈다. 모든 장면에서 그는 눈에 띄었다. 아닌게 아니라 그는 수많은 관객들을 상대로 널을 뛰고 있는 것 같았다. 편집 조감독은 엇박자 D의 진지한 표정이 담긴 화면을 보고 무릎을 치며 한참 웃었다. 불쑥불쑥 머리를 내미는 그의 모습도 이상했지만, 입을 꽉 다문 채 솟아오르는 그의 진지한 표정은 오래된 코미디 영화의 이상한 주인공 같았다. 엇박자 D는 고등학교 때부터 눈썹이 짙기로 유명했는데 그 모습도 변함이 없었다. 언뜻 보면 두 개의 작고 검은 막대기가 오르락내리락하는 것처럼 보였다.

"저 아저씨 너무 웃기네. 인트로에 넣으면 재미있겠어요. 아예 이번 공연 DVD 표지에 써 볼까요? 카피는 이거 어때요? 엇박자 세상을 뒤집기 위해 우리의 음악도 엇박자."

우리는 엇박자 D가 등장하는 또 다른 화면이 없나 살펴보았지만 공연 후반부에서는 그의 모습을 찾을 수 없었다. 엇박자 D뿐 아니라 많은 관객들이 공연장을 빠져나갔다. 공연 후반부가 좀 지루하긴 했다. 여러 가지 이유가 있었지만 무엇보다 날씨가 너무 맑았다. 몽환적인 전자 음악을 하는 밴드의 공연과 맑은 날씨는 어울리질 않는다. 비가 스산하게 내리거나 무더운 날씨였다면 좋았겠지만, 공기는 상쾌했고 하늘은 높았고 햇볕도 따스했다. 이렇게 맑은 날씨에 '황홀한 전기 기타의 몽환적인 소리여, 너의 파동으로 나의 뇌를 녹이고 싶구나.' 따위의 생각을 할 리가 없다. 모든 관객의 뇌가 지극히 건강하고 말랑말랑하고 뽀송뽀송한 상태였던 것이다. 공연 장소를 바닷가로 정할 때부터 이미 비극은 예정돼 있었다.

"바닷가에서 공연을 하는 거예요. 관객들은 음악과 파도 소리를 함께 듣는 거죠. 초강력 서라운드 입체 음향이 부럽지 않을 겁니다. 이번 무대를 통해 공연 문화의 새로운 경지를 열어 보이겠습니다."라고 기획안을 얘기했던 두 달 전에는 모두들 박수를 쳤지만, 지금은 박수 쳤던 손을 뒤로 숨겨야 하는 상황이 돼 버렸다. 내 잘못도 아니고, 밴드의 잘못도 아니고, 관객들의 잘못도 아니다. 어차피 공연이란, 심지어 몽환적인 록 밴드의 공연이란 진한 화장을 한 늙은 창녀 같은 이미지가 돼 버린 지 오래였다.

"감독님, 어때요? 저 아저씨 사진, 표지로 쓸까요, 말까요?"

"응, 좋을 대로 해."

모니터에는 엇박자 D의 모습이 커다랗게 확대돼 있었다. 얼굴 여기저기에 주름이 생겼지만 표정만큼은 변함이 없었다. 그는 20년 전에도 저렇게 진지한 얼굴로 립싱크를 했었다.

엇박자 D와 나는 같은 고등학교를 다녔고, 같은 합창단에 있었다. 합창단이라는 이름이 붙어 있긴 했지만 애당초 제대로 된 합창은 불가능한 집단이었다. 합창단은, 학생의 개성을 신장하고* 건전한 취미와 특수 기능 및 민주적 생활 활동을 육성하기 위한 학교의 '특별 활동' 중 하나였지만, 특별한 일이 생기지 않고서는 전혀 활동을 하지 않았다. 특별한 일이라는 건 1년에 한 번 있는 학교 축제가 전부였고, 그마저도 관심을 갖는 사람이 없었다. 노래를 부르는 사람도, 노래를 듣는 사람도, 그저 그러려니, 실수를 하면 하는가 보다, 듣지 않으면 그런가 보다, 돌을 던지면 던지는가 보다, 돌에 안 맞으면 잘못 던졌나 보다, 노래를 한 곡만 부르면 힘든가 보다, 그렇게 생각했다. 무관심이야말로 합창단의 모토*라 할 만했다. 내가 합창단을 선택한 이유 역시 마찬가지였다. 누구도 신경 쓰지 않는 특별 활동을 하고 싶었고, 특별히 어떤 활동을 하고 싶은 생각이 전혀 없었다. 부모님은 이혼을 한 직후였고, 동생은 가출을 마치고 돌아온 후 또

* 신장하다 세력이나 권리 따위가 늘어나다. 또는 늘어나게 하다.
* 모토 살아 나가거나 일을 하는 데 있어서 표어나 신조 따위로 삼는 말.

다른 가출을 준비하던 시기였고, 나 역시 가출에 버금갈 만한 인생의 파격*을 찾고 있던 시기였다. 그런 상황에 처해 있는 고등학생에게 '합창'이라는 단어는 이상적이지만 불가능한 유토피아*의 느낌이었다.

합창단 활동에 가장 열성적이었던 사람은 엇박자 D였다. 대부분의 아이들은 마지못해, 될 대로 되라는 심정으로 특활반 중의 하나를 선택했지만 그는 달랐다. 첫 모임에서부터 남달랐다. 혹시, 정말 혹시, 단장을 맡고 싶은 사람이 있냐는 음악 선생의 질문에 그는 번쩍 손을 들었다. 너무나 진지한 얼굴이었기 때문에 음악 선생과 나머지 아이들은 당황할 수밖에 없었다. 그래, 그럼, 네가 단장을 맡으면 되겠네. 뭐, 딱히 할 일은 없고, 축제 때 부를 노래의 악보를 복사하는 거랑, 그리고, 음, 뭐, 딴 일은 거의 없긴 하겠지만, 아무튼 네가 단장이 됐으니까……. 그래, 축하한다,라는 선생의 축하 말씀이 끝나자 그가 곧 입을 열었다.

"축제 때는 어떤 곡을 부르게 되나요?"

"그거야 지금 정하긴 힘들고, 다섯 달이나 남았으니까 앞으로 생각해 봐야겠지."

"오늘은 그럼 어떤 곡을 연습하나요?"

* 파격 일정한 격식을 깨뜨림. 또는 그 격식.
* 유토피아 인간이 생각할 수 있는 최선의 상태를 갖춘 완전한 사회. 이상향.

"연습? 아, 그래, 연습. 오늘은 첫날이니까 자습을 하도록 하자."

"개인 노래 연습을 하는 건가요?"

"자, 그럼 각자 공부해라. 중간고사 얼마 안 남았지? 노래 연습하고 싶으면 밖에 나가서 해도 되고."

특별한 일이 없었기 때문에 우리는 음악실에 앉아 각자의 공부를 했다. 실망한 엇박자 D가 밖으로 나가서 노래 연습을 했는지는 잘 기억나지 않는다. 아무도 엇박자 D를 신경 쓰지 않았다. 음악 선생은 첫날이니까 자습을 한다고 했지만, 다음 주에도 그다음 주에도, 그리고 그다음 주에도 자습은 계속 이어졌다. 우리는 커다란 음악실에 앉아 영어 단어를 외우고, 수학 공식을 외우고, 세계의 지리를 외웠다. 합창단에 들어가면 아무런 활동도 하지 않고 열심히 공부를 할 수 있다는 사실을 엇박자 D 빼고는 모두 알고 있었다. 나는 음악실 의자의 보조 책상에 엎드려 밀린 잠을 보충했다. 합창단이 연습을 시작한 것은 그로부터 4개월 후, 그러니까 축제 한 달 전이었다.

축제 때 부를 노래를 정하는 데는 1분도 걸리지 않았다. 누군가 그즈음 가장 인기 있던 발라드 곡을 추천했(다기보다 그냥 제목을 댔)고, 모두들 찬성했다. 어떤 노래였는지는 기억나지 않지만 합창을 하기엔 적절하지 않은 노래였다. 단순한 멜로디였고, 뭐 이런 노래를 부르는 데 여러 명이 뛰어들어야 하나 싶을 정도로 부르기 쉬운 노래였다. 우리는 노래를 정한 후 다시 자습에 몰두했다. 연습이 시작된 건 그다음 주였다. 지금도 첫 연습을 하던 그 순간이 생생하게 기억난다.

"자, 자, 쉬운 노래니까 딱 한 번만 맞춰 보고 자습하자."

음악 선생이 피아노 반주를 시작한 후, 우리는 엇박자 D의 진면목*을 처음 알게 됐다. 그는 놀라울 정도의 박치*이자 음치*였다. 음악이 시작되고, 아이들은 모두 열심히 노래를 불렀다. 그러나 시간이 지나면서 아이들의 표정이 일그러지기 시작했다. 노래와 목소리 사이에서 뭔가 불길한 기운이 꿈틀거리고 있었다. 그 불길한 기운은 순식간에 아이들의 목소리를 집어삼켰다. 다섯 소절쯤 지나자 노래는 엉망진창이 되었다.

"야, 아무리 편안한 맛에 들어왔다지만 그래도 명색*이 합창단인데 노래를 이렇게 못할 수가 있냐?"

음악 선생은 반주를 멈추고 화를 냈다. 처음부터 다시 불러 보았지만 불길한 기운이 사라지지 않았다. 세 번째에야 선생님은 그 불길한 기운을 감지했다.

"잠깐, 이 목소리 누구야? 계속 불러 봐."

음악 선생은 세 줄로 서 있던 22명의 아이들 앞을 천천히 걸었다. 모두들 긴장했다. 내 노래 실력이 합창을 망칠 정도는 아

* 진면목 본디부터 지니고 있는 그대로의 상태.
* 박치 박자에 대한 감각이나 지각이 매우 무디어 박자를 제대로 맞추지 못하는 사람.
* 음치 소리에 대한 음악적 감각이나 지각이 매우 무디어 음을 바르게 인식하거나 발성하지 못하는 사람.
* 명색 어떤 부류에 붙여져 불리는 이름.

니라는 생각과 그래도 혹시 나일지도 모른다는 불안감이 아이들의 노래에 배어났다.* 불안한 마음이 부르는 노래는, 이미 노래가 아니었다.

"단장, 이거 네 목소리 아냐? 모두 멈추고 단장 혼자 불러 봐."

엇박자 D의 노래는 들어 줄 만했다. 부드러운 느낌도 잘 살아 있었고, 박자도 이상하지 않았다. 음악 선생은 고개를 갸웃거렸다. 뭔가 이상하긴 한데 어느 부분이 어느 정도로 이상한지, 고치려면 어떻게 해야 하는 것인지, 답을 말해 줄 수가 없었던 것이다.

다시 합창을 시도해 봤지만 결과는 마찬가지였다. 엇박자 D의 목소리만 들리면 아이들은 갈피를 잡지 못했고, 음은 뒤죽박죽이 됐으며 박자는 제멋대로 변했다. 그의 목소리는 전파력*이 강한 바이러스였다. 음악 선생은 엇박자 D에게 자진 사퇴를 권했지만 그는 받아들이지 않았다. 축제 때 합창단에서 노래를 부를 것이라는 광고를 여러 곳에 해 두었다는 것이 이유였다.

"좋아, 대신 넌 절대 소리 내지 마. 그냥 입만 벙긋벙긋하는 거야. 알았지?"

아무리 생각해도 엇박자 D의 이름은 기억나지 않았다. 음악 선생이 했던 말과 엇박자 D의 반응과 친구들의 속삭임도 생생

* 배어나다 느낌, 생각 따위가 슬며시 나타나다.
* 전파력 전하여 널리 퍼지는 힘.

하게 기억나는데, 이름만은 도무지 기억나지 않았다. 가끔 고등학교 때 친구들을 만나 엇박자 D의 이야기를 한 적도 있지만 그의 이름이 혀끝에 오르내린 적은 한 번도 없었다. 하지만 D라는 문자는 그와 잘 어울린다고 생각해 왔다. D라는 것이 그의 이름 이니셜인지, 아니면 그가 D 음만을 고집했기 때문인지, 아니면 또 다른 이유 때문이었는지는 기억나지 않지만, D라는 문자를 보고 있으면 곧 쓰러질 것 같은 위태로움이 감지되고, 언제나 아슬아슬한 느낌이 들었다. 어찌 됐건 우리는 엇박자 D의 이야기를 자주 했다. 재미있는 추억거리였고, '엇박자 디'라고 발음할 때의 이상한 쾌감도 좋았다. 그의 이름이 거론되면 대개 첫 연습 때 그가 보여 준 놀라운 엇박에 대한 감탄이 이야기의 반 이상을 차지했다.

엇박자 D에게서 연락이 온 것은 공연 DVD가 발매되고 2주일이 지나서였다. 처음에는 전화를 받지 않으려고 했다. "고등학교 때 친구인데, 엇박자 D라고 하면 아실 거라는데요?"라는 메시지를 들었을 때 가장 먼저 든 감정은 불편함이었다. 이유는 여러 가지였다. 첫째, 그와 내가 그렇게 친한 사이가 아니었고, 둘째, 그는 DVD 표지에 실린 자신의 사진 이야기와 공연에 대한 이야기를 할 게 분명하며, 셋째, 내게 무언가 부탁을 할지도 모른다는 강한 예감이 들었기 때문이다. 나이 마흔이 가까워지면, 뭔가 부탁할 일이 있을 때 말고는 전화를 걸지 않게 마련이다. 나이 마흔이 가까워지면 다른 사람에게 뭔가 부탁해야 할 일이 많아지는 것인지도 모르겠다. 전화를 받지 않을 수 있는 핑곗거리를 찾고 있는 사이 전화가 넘어와 버렸다.

“나 기억나지? 고등학교 때 엇박자 D라고 불렸는데…….”

기억난다고 하는 게 좋을지, 기억나지 않는다고 하는 게 유리할지 알 수 없었다. 기억난다고 하면 바로 본론으로 들어갈 것이고, 기억나지 않는다고 하면 얘기가 길어질 것이다. 짧은 게 낫다.

“어, 그럼, 기억나지. 진짜 오랜만이다. 20년 만인가? 어쩐 일이야, 전화를 다 주고?”

“얼마 전에 네가 기획한 공연 있잖아. 그 DVD 표지에 내 얼굴이 나왔잖아. 난 줄 알고 그 사진을 쓴 거 아냐? 넌 몰랐어?”

공연 이야기는 별로 하고 싶지 않았다. DVD 편집 조감독이 엇박자 D를 표지로 쓸 것인지 물었을 때 그러지 말자고 말했어야 했다.

“아, 그게 너였어? 난 몰랐지. DVD 제작은 다른 팀에서 도맡아 하거든.”

“그 공연이 너무 좋아서 DVD로 소장하려고 사러 갔는데 표지에 내 얼굴이 박혀 있는 거야. 내가 얼마나 놀랐는지 알아?”

그 공연이 너무 좋았다고? 그런데 왜, 공연 중간에 빠져나간 거야?라는 말이 나올 뻔했지만, 얘기가 길어지는 건 싫었다.

“아, 그랬구나. 놀랐겠다. 잘은 모르겠지만 그런 사진을 쓰려면 당사자한테 허락받고 그래야 하는 거 아닌가?”

혹시, 네가 원하는 게 이런 거였어? 뭔가 대가를 원하는 거야? 왜 허락도 없이 내 사진을 함부로 쓴 거야? 이런 얘길 하고 싶은 거야?

"허락은 무슨…… 난 그냥 신기해서……. 그런 좋은 공연 DVD 표지에 내 사진이 실린 것만 해도 감사한 일이지."

얼굴을 보지 않고 말하는 건 이래서 싫다. 상대방의 진짜 마음을 알 수 없다. 눈빛의 흔들림이나 미묘한 입가의 흔들림을 보지 않고선 상대방이 어떤 속임수를 쓰는지 알 수 없다. 나는 그가 본론을 꺼내길 기다릴 수밖에 없었다.

"너한테 부탁을 하나 하고 싶은데, 어려운 건 아니야."

그럼 그렇지. 그럴 줄 알았다. 역시 나이는 허투루 먹는 게 아니다.

"무슨 부탁인데?"

"만나서 이야기하면 안 될까? 오랜만에 얼굴이나 보면서 이야기하자."

"내가 요즘 좀 정신이 없어. 새로운 공연 준비도 해야 되고, 이것저것 걸려 있는 일도 많고……. 전화로는 안 돼?"

"바쁘구나. 안 될 건 없는데 너한테 소개시켜 주고 싶은 사람도 있고, 같이 얘기하면 좋을 것 같아서 그랬지."

"누굴 소개시켜 줘?"

"공연 기획 많이 했으니까 너도 알지 모르겠다. '더블더빙'(2*dubbing)이라는 그룹의 리더인데, 요즘 공연을 준비하고 있어. 그런데 나하고…….”

그 뒤의 말은 잘 들리지 않았다. 더블더빙이라는 단어를 듣자마자 주변의 모든 영상과 소리가 일시 정지됐다. 더블더빙은 음악계의 떠오르는 샛별이었다. 아직까지 단 한 차례의 공연도 하지 않았지만 음악적으로 완벽에 가깝다는 찬사를 받는 그룹이었다. 나 역시 더블더빙을 좋아했고, 특히 두 번째 앨범은 ‘내 인생 최고의 앨범 베스트 10’ 중 하나다.

“더블더빙이란 그룹 알아?”

“응, 노래 몇 곡은 들어 봤지. 그럼 겸사겸사 오랜만에 얼굴이나 한번 볼까. 넌 언제가 괜찮아?”

엇박자 D는 아마 나의 진심을 눈치챘을 것이다. 더블더빙이라는 단어 때문에 내 마음이 바뀌었다는 사실을 알아차렸을 것이다. 그래도 상관없었다. 더블더빙을 볼 수 있다면 그쯤은 들켜도 괜찮다는 생각이 들었다.

다음 날, 저녁 약속에 입고 나갈 옷을 고르는 데 한 시간이나 걸렸다. 어떤 옷은 아무렇게나 입은 듯 가벼워 보였고, 어떤 옷은 너무 꾸민 티가 났다. 음악을 들어 보긴 했지만 아주 잘 알거나 좋아하는 그룹은 아니라서 이 정도만 신경 썼어요,라는 느낌이 들 만한, 아무렇게나 입고 나왔지만 옷 입는 센스가 아주 없는 사람은 아니에요,라는 느낌이 들 만한 옷을 고르기가 쉽지 않았다. 나는 약속 장소에 10분 늦게 도착했다. 부러 그런 것이었다. 두 사람은 이미 도착해 이야기를 나누고 있었다. 엇박자 D

는 나를 소개했다.

"이쪽은 내 고등학교 친구이자 능력 있는 공연 기획자 K 씨고, 이쪽은 그룹 더블더빙의 리더인, 이더빙 씨. 그런데 이더빙이 뭐냐, 다른 이름으로 좀 바꿔라."

"아닙니다, 이더빙 씨. 왜 그래, 부르기도 좋고 귀에 쏙쏙 박히는 이름인데. 이름 괜찮으니까 걱정 마세요. 하하."

만난 지 5분밖에 지나지 않았지만 두 사람이 친하다는 것을 알 수 있었다. 이더빙과 엇박자 D는 10년 정도의 나이 차가 있었지만 이미 나이를 뛰어넘은 사이인 것 같았다. 눈빛으로 알 수 있었다. 두 사람의 눈빛은 보이지 않는 얇은 선으로 연결돼 있었고, 그 선은 나의 접근을 막는 철조망 같은 것이기도 했다. 조금 불쾌하기도 했지만 어쩔 수 없는 일이었다. 이더빙과는 처음 만나는 사이였고, 엇박자 D와는 20년 만에 만나는 것이니 어색하지 않다면 그게 더 이상한 일이다. 나는 분위기를 주도하기로 마음먹었다.

"이 친구 고등학교 때 별명이 뭔지 아시죠? 얘기 안 하던가요? 우린 다 엇박자 D라고 불렀어요. 그땐 참 대단했는데 말야. 네가 입만 열면 사람들이 모두 박자 감각을 잃어버렸잖아. 신기했어. 박자의 블랙홀, 사라진 음정을 찾아서, 그런 농담들을 했잖아. 지금도 그 박자 감각은 여전하지? 난 가끔 너의 엇박자가 그립기도 하더라고."

"그랬어요? 야, 신기하네. 노래 되게 잘하시던데……."

"잘하죠. 잘하는데, 문제는 혼자 따로 논다는 거예요. 원, 음정과 박자에 그렇게 사교성이 없어서야 어디 사회생활 하겠어요? 안 그래요? 하하하."

"저도 노래를 같이 한번 불러 봐야겠는데요. 제 음정과 박자도 어디론가 사라지는지."

"이더빙 씨, 조심하세요. 음악계의 샛별이 유성으로 변할지도 모릅니다. 가수 생활 종치시려거든 한번 도전해 보시고……. 하하하."

엇박자 D는 말이 없었다. 조용히 우리의 이야기를 듣고 있었다. 크게 웃지도 않았고 기분 나쁜 내색도 하지 않았다. 내가 주도할 수 있는 분위기는 거기까지였다. 하루 종일 20년 전의 이야기만 할 수는 없으니까.

엇박자 D의 눈치가 보이기도 했다. 그가 웃지 않으니 농담을 계속할 수 없었다. 20년이라는 시간은 사람을 완전히 뒤바꿔 놓을 수 있는 기다란 선이다. 그가 어떻게 변했는지, 어떤 사람이 되었는지 알 수 없었다. 우리는 함께 밥을 먹었고, 엇박자 D와 이더빙이 주로 이야기를 했다. 공연에 대한 이야기, 새로 발매할 음반에 대한 이야기 등 주로 이더빙에 관한 것이었다. 나도 가끔 이야기에 끼어들었지만 두 사람이 쳐 놓은 눈빛들의 선을 쉽게 뛰어넘을 수는 없었다.

"너한테 부탁하고 싶은 게 뭐냐 하면, 이번 공연 컨설팅을 좀 해 줄 수 있겠어?"

디저트를 먹고 있을 때 엇박자 D가 이야기를 꺼냈다. 나의 예상과는 달랐다. 내가 예상했던 이야기는 두 가지였다. 첫째, 싼값에 공연 기획을 해 줄 수 있겠느냐, 둘째, 아예 공짜로 공연 기획을 해 줄 수 있겠느냐. 두 가지 이야기에 대한 답변도 준비해 두었다. '어려운 부탁이긴 하지만 마지못해, 너니까, 너는 나의 고등학교 친구니까, 오케이'였다. 더블더빙과의 공연은 B급 기획자에서 A급 기획자로 올라설 발판이 될 수 있었다. 공연 기획을 시작한 지 10년이 됐지만 아직까지 큰 공연을 해 본 적이 없었다. 나쁜 이력이었다고 생각하지는 않지만 그 어디에도 특별한 방점이 찍힐 만한 곳은 없었다. 더블더빙과의 공연을 성공적으로 끝낸다면 나를 원하는 아티스트들이 줄을 설 것이며 그때부터는 정말 멋진 공연을 만들 수 있을 것이다. 옷을 고르고 식당으로 오면서 그런 생각에 빠져 있었다.

"컨설팅이라니? 공연 기획은 누구한테 맡겼는데?"

"응, 그게, 내가 한번 해 보려고……."

엇박자 D의 말에는 나지막한 자신감이 있었다.

"네가? 네가 기획을 한다고? 너, 공연 기획을 공부했어?"

"아니, 전혀. 공연 보는 걸 좋아하지만 아무것도 몰라. 근처에도 가 본 일이 없어. 그러니까 너한테 컨설팅을 부탁하는 거지."

"도전 의식이 멋지긴 한데, 그게, 아무나 할 수 있는 일이 아니란다. 내가 10년 동안 공연 기획을 하면서 뭘 배웠는지 알아? 아, 이건 슈퍼맨만이 할 수 있는 일이구나, 어쭙잖게 흉내만 내

다가는 힘들게 음악을 만든 아티스트를 엿 먹이는 거구나. 그냥 나 같은 전문가한테 맡겨. 왜 그렇게 사회성이 없니. 친구를 써먹으란 말야. 내가 친구한테 장사하겠냐? 친구 부탁이면 돈 안 받고도 할 수 있어."

"왜 그래요, 이 형 감각 있어요."

"이더빙 씨, 그게 감각으로 할 수 있는 일이었으면 전 이미 신의 경지에 올라섰을 거예요. 감동을 이끌어 내는 감성, 소리를 들을 줄 아는 귀, 스태프를 관리하는 카리스마, 마케팅 능력, 언제 있을지 모르는 사고에 대처하는 순발력, 등등등등등, 그 모든 걸 다 잘해야 합니다."

"네 얘길 들으니 겁나기도 하네. 알았어. 그럼, 좀 더 생각해 보고 다시 얘기하자."

엇박자 D가 대화에서 한발 빠지니 마음이 더욱 조급해졌다. 왜 나에게 공연 기획을 맡기지 않는 것인지 알 길이 없었다. 공짜로 해 주겠다는데도 그의 마음은 움직이지 않았다.

엇박자 D와의 만남은 아무런 성과 없이 끝났다. 집으로 돌아오는 길에 나는 화가 나 있었다. 무엇 때문에 화가 나는지 이유를 알 수 없었다. 엇박자 D는 나에게 아무런 잘못도 하지 않았지만 20년 만에 나타난 그가 싫어졌다. 나는 빈집에 들어가 혼자서 새벽 4시까지 술을 마셨다. 잠이 들 때에는 마흔이라는 나이가 조금 무겁게 느껴졌다.

엇박자 D를 다시 만난 것은 3일 후였다. 그가 사무실로 나를 찾아왔다. 만나자는 연락이 왔을 때 나는 내 사무실에서 보자고 했다. 내가 일하는 모습을 보여 주면 그의 마음이 바뀔지도 모른다는 생각 때문이었다. 책상을 조금 지저분하게 만들었고 바닥에다 공연 기획 보고서를 높게 쌓아 놓았고 아이디어 회의 때 만들었던 회의록도 펼쳐 두었다. 내 사무실은 엇박자 D를 설득하기 위한 무대가 되었다.

"사무실이 너무 지저분하지? 밖에서 보면 좋겠지만 내가 자리를 비울 수가 없어서 말야. 그리고 요즘은 조용히 얘기할 만한 카페가 없잖아. 엉터리 노래들이 카페를 장악해 버렸어."

엇박자 D는 사무실을 둘러보았다. 내가 준비해 둔 무대 장치들이 그의 눈길을 사로잡았다. 나는 책상 위에 펼쳐 두었던 책을 한쪽에다 쌓고 소파 쪽으로 그를 안내했다. 나는 어떻게 말해야 하고 어떻게 행동해야 하고 무대의 어디에서 어디로 움직여야 하는지를 모두 잘 아는, 뛰어난 배우였다.

"무성 영화* 전공했다고 했지? 지금은 강의 나가고 있어?"

나는 나의 이야기에서부터 시작했다. 네 전공이 뭐야? 공연 기획은 아니잖아? 그런데 왜 공연 기획을 하려고 하는 거야? 그런 이야기를 하고 싶었던 것이다. 지난번 저녁 식사 때 그가 대학원에서 무성 영화를 공부했다는 이야기를 듣고는 그와 잘 어울린다는 생각을 했다. 침묵의 영상에는 박자나 음정이 필요 없

* 무성 영화 인물의 대사, 음향 효과 따위의 소리가 없이 영상만으로 된 영화.

을 테니까.

“강의 몇 군데 나가고 여기저기 글 쓰고, 영화 잡지 편집 위원 같은 것도 해. 그래 봤자 돈 되는 일은 별로 없지.”

“공연 기획도 마찬가지야. 한 3, 4개월 빡세게 준비해도 공연 끝나고 나면 남는 게 없어. 겨우 먹고사는 정도지. 나이 마흔이 됐는데 아직도 이 모양이다.”

“그래도 너 정도면 자리는 잡은 거 아냐?”

“자리? 이 자리? 이 소파 크기가 딱 내 자리겠다. 이렇게 안락한 소파를 차지하는 것도 쉬운 일이 아니긴 하지만 이게 내 전부라고.”

그렇게 말하고 보니 초라했다. 엇박자 D에게서 더블더빙의 공연을 빼앗아 오겠다는 목적으로 꺼낸 말이 아니었다. 그 말은 진심이었다.

“고등학교 때 축제 기억나지? 우리 합창했던 때.”

엇박자 D가 축제 얘기를 먼저 꺼내 줄은 몰랐다. 축제 때의 공연 이후 친구들은 엇박자 D가 목을 매고 죽으면 어떡하나 걱정했다. 모르긴 몰라도 축제일은 그의 인생 중 가장 수치스러운 날 중 하루였을 것이다. 공연을 위해 영어 단어와 수학 공식과 세계사 연표만 열심히 외운 상태였으니 우리의 실력도 별달리 나을 게 없었지만, 엇박자 D는 대형 사고를 치고 말았다. 1절까지는 무난한 공연이었다. 야외 공연장에서 펼쳐진 우리의 공연을 보기 위해 무려 50명 정도의 학생과 몇몇 어른들이 운집했고, 우리는 열심히 노래를 불렀다. 열심히 불러서 빨리 해치우자는 심정이었다. 1절까지는 엇박자 D도 열심히 립싱크를 해 주었다. 간주가 시작되고 2절이 시작되려고 할 때, 갑자기 엇박자 D의 목소리가 들렸다. 그가 노래를 부르기 시작한 것이다. 그것도 반박자 빨리. 그 순간부터 모든 게 헝클어졌다. 아이들은 우왕좌왕했고, 지휘를 하던 음악 선생은 눈을 크게 뜨고 엇박자 D를 바라보면서 노래를 그만 부르라는 신호를 보냈다. 하지만 엇박자 D는 눈을 꼭 감은 채 열심히 노래를 불렀다. 합창에 관심없던 주위 사람들이 공연장 앞으로 몰려들었고 엉망진창 노래를 들은 관객들은 우리의 노랫소리보다 더 크게 웃었다. 화가 난 음악 선생은 반주를 멈추게 했다. 아이들도 노래를 멈췄다. 하지만 눈을 감은 엇박자 D는 멈추지 않았다. 음악 선생이 그에게 다가가 뺨을 후려쳤다. "야 이 새끼야, 부르지 말란 말이야. 입 다물어, 입 다물어!" "입 다물어."에 리듬을 맞춰 뺨따귀를 두 대 더 올려붙인 음악 선생은 화를 삭이지 못하고 무대 뒤로 사라졌고, 우리들도 무대를 내려왔다. 서 있을 이유가 없었다. 엇박자 D 혼자 무대에 서 있었다.

"기억나지. 그걸 어떻게 잊겠어."

"나 그때까지 시디를 한 300장쯤 모았는데 축제 다음 날 다 갖다 버렸어. 방에서 하루 종일 플라스틱 케이스에서 시디를 한 장 한 장 뽑아 냈어. 그걸 쓰레기봉투에 담아서 버리고 나니까 속이 시원하더라. 나 이 얘기 처음 하는 거야."

"그런데 그때는 왜 노래를 불렀던 거야?"

"너무 창피했어. 사람들이 보는 데서 입만 벙긋벙긋하고 있으려니 도저히 참을 수가 없었어. 간주가 들릴 때쯤 갑자기 자신감이 생기더라. 아주 작은 소리로 부른다면 아무도 모를 거야. 내 귀에만 들리게, 아주 작은 소리로, 조그맣게 부르면 괜찮을 거야, 그런 생각이 들었어."

"너 자신의 정체를 파악하지 못했구나."

"내 정체? 그래, 내 정체를 몰랐지. 대학을 졸업할 때까지 음악을 전혀 듣지 않았어. 물론 노래도 부르지 않았고…… 의식적으로 귀를 닫으니까 그 어떤 음악도 들리지 않더라. 신기한 일이지."

"그런데 공연 기획을 하겠다고?"

"무성 영화 본 적 있어?"

"봤지. 찰리 채플린."

"초창기 무성 영화를 보면 아주 재미있는 게 많아. 무성 영화 포르노 본 적 없지? 남녀가 섹스를 하는데 소리는 전혀 들리지 않아. 보는 내내 어떤 신음 소리가 들리는 것 같긴 한데, 그게 실제 나는 소리는 아닌 거지. 말하자면 환청 같은 게 들려. 당시 사람들은 도대체 무성 영화 포르노를 보면서 어떤 생각을 했을까? 내가 제일 재미있게 봤던 무성 영화는 「소리의 전시회」라는 작품이었어. 카메라가 계속 철길을 찍는 거야. 철길이 이어졌다 끊어졌다 휘어졌다 없어졌다 하는데 화면 자체가 일종의 소리인 거지."

"하하, 나한테 영화 강의 하냐? 무성 영화 포르노는 재미있긴 하겠다."

"그 작품이 내 인생의 다른 길을 열어 줬다는 얘길 하고 싶었어."

"그래서 전국의 철길이라도 찍었다는 거야?"

"대학원에 다닐 때 나만의 프로젝트를 시작했지. 다른 친구들은 단편 영화를 만들었지만 난 노래를 녹음했어. 사람들의 노래."

"공연장의 음악 같은 거 말야?"

"아니, 무반주 노래들이지. 그 영화를 여러 번 보고 나니까 갑자기 음치들에 대한 연구를 하고 싶더라. 음치들의 다큐멘터리 같은 걸 만들어 보고 싶었어."

"나는 음치라네, 노래 부르고 다니는 것도 아닌데 음치를 어떻게 찾아?"

"쉽지 않았지. 주위 사람들에게 물어보기도 했고 노래방 아르바이트를 하면서 방마다 귀를 들이대기도 했어. 그렇게 음치들을 찾아내면 무반주로 부르는 노래를 녹음했어. 웃기는 게 뭔지 알아? 나는 음악 선생에게 맞기 전까지 단 한 번도 내가 음치라고 생각해 본 적이 없었어. 그런데 대부분의 음치들은 자신이 음치라고 생각하더라. 자신이 알아낸 게 아니고 들어서 아는 거지. 평생 그렇게 세뇌를 당하는 거야. 나는 음치다, 나는 음치다."

엇박자 D의 이야기를 들을수록 마음이 불편했다. 너무 오래된 이야기이기 때문인지, 아니면 엇박자 D의 인생 역정 출연진에 내가 포함돼 있기 때문인지 알 수 없었다. 듣고 싶지 않은 이야기였다. 많은 시간이 지났다. 그때 엇박자 D를 때렸던 음악 선생은 대가를 톡톡히 치렀지만, 어쩌면 옆에 있던 우리들도 그의 뺨을 함께 때렸던 것인지도 모르겠다. 그랬다면 미안한 일이다. 기억이 잘 나지 않는다. 미안한 마음을 느끼기엔 시간이 너무 많이 지났다.

"공연 기획을 하고 싶어 하는 이유는 뭐야?"

"짧게 말하자면, 내가 음치가 아니란 걸 보여 주고 싶은 거야."

"음치가 아니란 걸 보여 주면 뭐가 달라지는데? 숙제가 해결되기라도 해?"

"글쎄, 그건 해 봐야 알겠지."

나는 엇박자 D를 도와주기로 했다. 이유는 여러 가지였다. 첫째, 엇박자 D가 다른 기획사를 찾아가는 걸 막기 위해서였고, 둘째, 공연 스태프 선정이나 음향, 장비, 무대 세팅 같은 기술적인 부분을 나에게 일임했기 때문이고, 셋째, 실패에 대한 부담감이 전혀 없었기 때문이다. 공연이 성공한다면 내 몫의 이름값을 충분히 챙길 수 있었고, 실패했을 때는 아무런 책임도 질 필요가 없었다. 괜찮은 흥정이었다. 나로서는 좋은 기회였다. 엇박자 D에 대한 알 수 없는 미안함도 조금은 있었을까.

총괄 프로듀서는 엇박자 D였고, 나는 무대 매니저 겸 보조 프로듀서 역할을 했다. 예술적인 부분은 엇박자 D가, 기술적인 부분은 내가 책임지는 것이긴 하지만 기술적인 부분에 대해서는 책임질 필요가 전혀 없었다. 공연 실패의 가장 큰 원인은 기술적인 부분이 아니라 콘셉트나 공연 스토리일 경우가 대부분이다. 음향 사고나 조명 사고가 발생하긴 하지만 그건 그저 작은 에피소드에 불과하다. 커다란 이야기가 감동적이라면 사소한 에피소드의 결함은 드러나지 않는다.

엇박자 D는 생각보다 일을 잘했다. 내 도움이 컸지만 내가 예상했던 것보다 감각이 뛰어났고 순발력도 좋았다. 엇박자 D와 일을 하면서 공연 기획 일에 처음 뛰어들었던 10년 전이 떠올랐다. 총감독 밑에서 욕을 먹어 가며 일을 배웠던 시절이었다. 그때는 모든 게 전쟁이었다. 나는 실수를 하지 않기 위해, 총감독에게 인정받기 위해 하루 20시간씩 일을 했다. 공연을 준비할 때면 그 음악을 이해하기 위해 24시간 내내 같은 가수의 노래만 들었다. 그래도 질리지 않았다. 들으면 들을수록 새로운 아이디어가 떠올랐다. 꿈속에서도 공연 아이디어를 생각했다. 3년 만에 보조 프로듀서가 됐을 때 모든 사람들이 놀랐다. 나는 놀라지 않았다. 그 후 5년 만에 프로듀서가 됐을 때 사람들은 다시 놀랐다. 나는 놀라지 않았다. 당연한 결과였다. 엇박자 D와 일하면서 보조 프로듀서 시절의 나로 돌아간 듯한 느낌이었다. 역할은 그때와 같았지만 이제는 긴장하지 않았다. 오히려 일을 즐기고 있었다. 보조 프로듀서 역할이기 때문인지, 아니면 아무런 책임도 지지 않는다는 편안함 때문인지는 알 수 없었지만 일이 힘들지 않았다. 어쩌면 나란 인간은 리더보다는 잔소리꾼 같은 2인자 역할이 더 맞는 게 아닌가 싶은 생각이 들 정도였다.

공연의 큰 주제는 '더블더빙과 무성 영화의 만남'이었다. 엇박자 D가 공연의 큰 줄거리를 만들어 왔을 때 솔직히 조금 놀랐다. 완벽하지는 않았지만 새로웠다. 10년 동안 공연 기획을 해 왔지만 지금껏 보지 못한 새로운 공연이 될 것 같았다. 여러 가지 음악이 혼재돼* 있는 더블더빙의 노래에다 무성 영화의 여러 장면을 덧붙인다는 것도 새로웠고, 디제이가 무성 영화의 배경 음악을 리믹스*해서 새로운 음악으로 만들어 내는 아이디어도 좋았다. 연주자들이 무성 영화에 등장하는 배우처럼 움직이고, 배경 음악에 맞춰 무대 위를 돌아다니는 퍼포먼스도 재미있을 것 같았다. 짧은 무성 영화를 틀어 놓고 더블더빙이 영상에 맞는 새로운 음악을 만들자는 아이디어도 있었다. 무엇보다 더블더빙의 음악과 무성 영화가 잘 어울렸다. 더블더빙의 음악이나 무성 영화 중 한쪽이 강하다면 문제가 생기겠지만 두 요소의 균형이 좋았다. 엇박자 D가 무성 영화와 더블더빙의 음악

* 혼재되다 뒤섞이어 있다.
* 리믹스 기존의 노래에 컴퓨터를 이용하여 색다른 리듬과 효과음을 삽입해 노래를 다르게 만드는 것.

모두를 잘 이해하고 있기 때문에 가능한 작업이었다.

"네가 없었다면 불가능한 일이었어."

엇박자 D의 칭찬이 기분 나쁘지는 않았다. 사실이기도 했다. 나 역시 일을 잘했다. 공연에 대한 것이라면 모든 것을 알고 있었으니 그 어떤 일이 닥쳐도 문제 될 것이 없었다. 나는 그 어느 때보다 부드럽게 모든 일을 처리했다. 엇박자 D와 나는 잘 맞는 파트너였다. 공연 일주일 전 사운드 디자인*을 체크하던 엇박자 D가 얘기를 꺼냈다.

"하나만 더 부탁해도 될까?"

"겁나게 또 무슨 부탁이야."

"초대하고 싶은 사람이 있는데 네가 연락을 해 줄 수 있을까?"

"누군데 내가 연락을 해?"

"고등학교 때 친구들. 합창단에서 함께 노래했던 그 친구들을 초대하고 싶어. 내가 연락하긴 좀 뭣해서 말야. 넌 지금도 연락하는 친구들이 있잖아."

그렇긴 했다. 나의 필요에 의해서이긴 했지만 고등학교 때 친구들 중 서너 명과는 연락을 하고 있었다. 엇박자 D와 있었던 일을 생각한다면 초대하지 않는 게 나을지도 몰랐다. 좋은 기억이 아니었고, 그들이 엇박자 D를 다시 만나고 싶어 할지도 알 수 없는 일이었다. 하지만 나로서는 생색*을 내기에 적당한 시

* 사운드 디자인 소리를 생성하고 변형하고 조합하는 일련의 과정.

점이었다. 친구들로부터 "공연 기획 한다면서 어떻게 초대장 한 장을 안 보내냐."는 소리를 곧잘 듣곤 했었다.

"그래. 좋은 생각이다. 20년 만에 전설의 합창단이 재회하겠네. 내가 몇 명 연락처를 아니까 얼추* 선이 다 닿을 거야. 다 모일지는 모르겠지만."

연락을 하면서 새로운 사실을 많이 알게 됐다. 고등학교 2학년 때의 합창단에 있던 20명 중 한 명은 2년 전에 죽었다. 교통사고라고 했다. 친한 친구가 아니었기 때문에 소식조차 몰랐다. 한 명은 현재 암 투병 중이라고 했다. 간암이라고 했고, 6개월을 넘기지 못할지도 모른다고 했다. 이름이 잘 기억나지 않는 친구였다. 연락을 할까 말까 망설였다. 망설이다 연락을 했더니 눈물을 흘리면서 꼭 오겠다고 했다. 외국으로 출장 간 친구가 1명 있었고, 이민 간 친구가 2명, 연락이 닿지 않는 친구가 3명 있었다. 나머지는 모두 오겠다고 했다. 13명이 모이는 셈이다.

전화 통화를 하면서 고등학교 때의 얼굴들을 떠올려 보았지만 전혀 기억나지 않았다. 모든 사실이 가물가물했다. 기억날 리가 없었다. 같은 반이었던 친구는 많지 않았고, 함께 노래를 열심히 불렀던 것도 아니고, 함께 모여 각자의 공부만 열심히 했으니 기억나지 않는 게 당연하다. 나는 친구들에게 공연장 앞

* 생색 다른 사람 앞에 당당히 나설 수 있거나 자랑할 수 있는 체면.
* 얼추 어지간한 정도로 대충.

쪽의 좋은 좌석을 주었다.

공연은 반응이 좋았다. 공연 3일 전에 모든 표가 팔렸다. 이례적*인 일이었기 때문에 방송국에서 취재를 오기도 했다. 공연 준비 모습을 카메라에 담는 짧은 취재였지만 취재 기자를 꼬드겨 인터뷰도 했다.

"가수들은 투정을 부립니다. 이제 아무도 음반을 사지 않는다고, 음악은 죽었다고, 죽는소리를 합니다. 하지만 음악의 미래는 음반에 있는 것이 아닙니다. 사람들을 공연장으로 오게 해야 합니다. 음반은 공짜로 들을 수 있겠지만 공연은 공짜로 볼 수 없습니다. 이곳에서 새로운 음악이 시작돼야 합니다."라는 내 말이 전국 방송을 탔다. 화면의 내 이름 앞에는 '더블더빙의 첫 번째 공연을 기획한'이라는 수식어가 달려 있었다. 잘못된 표현이었지만 굳이 바로잡을 필요는 없었다. 공연이 성공적으로 끝나고 나면, 수많은 아티스트들이 나를 찾을 것이다. 나는 공연 전날까지 사운드 시스템과 조명 시스템을 꼼꼼하게 몇 번씩 확인했다. 내 인생의 중요한 순간이 지나가고 있었다. 기대와 긴장이 팽팽하게 몸을 잡아당겼다.

공연 당일, 공연을 두 시간 앞두고 엇박자 D와 나는 무대에 걸터앉아 커피를 마셨다. 모든 준비가 끝났다. 드라이 리허설*

* 이례적 보통 있는 일에서 벗어나 특이한 것.
* 드라이 리허설 리허설은 연극·음악·방송 따위에서, 공연을 앞두고 실제처럼 하는 연습을 말하며, 드라이 리허설은 의상·화장·카메라 장치 따위를 갖추지 않은 채 하는 연습을 가리킨다.

도 끝났고, 카메라 리허설도 끝났다. 텅 빈 의자들이 우리를 바라보고 있었다.

"떨린다. 공연을 한다는 게 이런 느낌이구나. 이제 곧 시작되겠지."

"걱정 마. 오늘은 역사적인 밤이 될 거야. 누구도 상상하지 못했던 새로운 공연이 시작될 거야."

엇박자 D와 나는 파이팅을 외치고 마지막 점검을 했다. 무대 뒤쪽에서 바쁘게 움직이다 보면 1시간이 1초처럼 지나간다. 똑, 그리고 딱, 하더니 공연장이 관객으로 가득 찼다. 무대 뒤쪽에서는 사람들의 웅성거리는 소리가 파도 소리처럼 들린다. 관객들은 이제 곧 커다란 해일*이 되어 공연장을 삼켜 버릴 것이다. 커튼 사이로 관객석을 보았더니 빈틈이 보이질 않았다. 연신 카메라 플래시가 터졌고, 몇몇 팬들은 소리를 질러 댔다. 그들도 긴장하고 있었다. 공연장의 불이 꺼지자 관객들의 파도 소리가 잔잔해졌다. 시작은 짧은 무성 영화였다. 한 남자가 기찻길에 누워 자살을 시도하고 있다. 남자는 양복을 입고 있었다. 기차는 오지 않았다. 남자는 일어났다. 그리고 다시 누웠다. 누워 있는 자세가 어쩐지 불편해 보인다. 남자는 자세를 바꾸고 다시 누웠다. 다음 날 남자가 다시 나타났다. 이번엔 베개를 들

* 해일 해저의 지각 변동이나 해상의 기상 변화에 의하여 갑자기 바닷물이 크게 일어서 육지로 넘쳐 들어오는 것. 또는 그런 현상.

고 나타났다. 베개를 기찻길에 놓고 누웠다. 다음 날엔 담요를 들고 나타났다. 그리고 그다음 날엔 오두막집을 한 채 이고 나타났다. 남자는 오두막집을 기찻길 위에 올려 두었다. 오두막집 속에서 불이 켜졌다. 불이 꺼지는 순간 멀리서 기차가 오는 게 보였다. 기차가 조금씩 다가오고 있었다. 기차가 거의 다가왔을 무렵 오두막집의 불이 켜졌다. 그리고, 충돌 직전, 빵, 기타 소리가 터졌다.

"와!"

공연장의 조명이 번쩍이며 더블더빙이 나타나자 한 차례 해일이 일었다. 내가 봐도 드라마틱한 시작이었다. 흑백 무성 영화가 영사되던* 스크린을 찢고 더블더빙의 멤버들이 나타난 것이다. 그들은 오두막집으로 돌진하던 기차가 되어 관객들 앞으로 뛰쳐나왔다. 더블더빙의 음악은 대단했다. 음반으로 듣던 것보다, 리허설 때 들었던 것보다 10배 정도는 강력한 음악이었다. 그들의 음악을 어떤 장르라고 규정하긴* 힘들었지만 모든 사람들이 넋을 잃어 가고 있었다. 록보다 강렬했고, 재즈보다 자유로웠으며, 클래식보다 품위 있었고, 펑크보다 리드미컬했다.* 첫 번째 공연이라는 것이 믿어지지 않을 정도로 더블더빙은 능수능란하게 공연을 진행했다. 엇박자 D의 스토리보드*가 그만

* 영사되다 영화 따위의 필름에 있는 상이 영사막에 비추어져 나타나다.
* 규정하다 내용이나 성격, 의미 따위를 밝혀 정하다.
* 리드미컬하다 율동적이거나 운율적인 특성이 있다.

큼 꼼꼼했다는 이야기일 수도 있다.

관객들이 가장 즐거워했던 순간은 무성 영화의 장면에 맞춰 더블더빙이 연주를 할 때였다 「재채기」라는 아주 짧은 무성 영화였다. 영화가 시작되면 한 여자의 커다란 얼굴이 나타난다. 여자는 코가 간지럽다. 재채기가 나오려고 한다. 참아 보지만 쉽지가 않다. 내용은 그게 전부다. 재채기가 나올까 말까 하는 장면에 맞춰 더블더빙이 재미난 연주를 들려줬다. 관객들은 무성 영화를 보며 한 번 웃고, 더블더빙의 연주를 들으며 또 한 번 웃었다. 여자의 찡그린 얼굴과 더블더빙이 들려주는 음악은 묘하게 리듬이 맞질 않았다. 정확하게 딱딱 들어맞는 게 아니라 조금씩 엇박자였다. 관객들은 그걸 더 재미있어하는 것 같았다. 더블더빙이 엇박자 D를 위해 이런 음악을 만든 것은 아니겠지만 마치 그에게 바치는 노래 같다는 생각이 들었다. '엇박자 D를 위한 엇박자 연주곡.'

공연이 끝났지만 관객들은 돌아갈 생각을 하지 않았다. 모두 앙코르를 외치고 있었다. 물론 앙코르 곡을 준비해 두었다. 더블더빙이 다시 나타났고, 모든 조명이 꺼졌다. 관객들의 소리도 어둠 속으로 가라앉았다. 여러 가지 소리들이 하나의 기다랗고 평평한 일직선으로 변했다. 어디선가 음악 소리가 들렸다. 음악 소

* 스토리보드 애니메이션이나 영화, 광고 따위를 제작할 때, 이야기의 내용을 보는 사람이 이해할 수 있도록 주요 장면을 앞으로 완성해야 할 영상에 가장 가깝게 그림이나 사진 따위로 정리한 장면 연출 판.

리는 너무 작아서 거의 들리지 않았다. 시나리오대로라면 그들의 최고 히트곡을 연주할 차례였다. 뭔가 잘못된 게 틀림없었다.

"음향, 뭐가 잘못된 거야? 사운드 체크해 봐"

무선 헤드셋으로 엇박자 D의 목소리가 들렸다.

"아니야, 잘못된 건 없어. 너 몰래 만들어 둔 시나리오야. 20년 전 친구들에게 바치는 선물이야."

아주 작게 들리던 음악 소리가 조금씩 커졌다. 스피커에서 흘러나온 음악은 관객들 사이로 서서히 스며들었다. 누군가의 노래였다. 아무런 반주도 없이 누군가 노래를 부르고 있었다. 어디선가 들어 본 노래였다. 그제야 노래의 제목이 생각났다. 「오늘 나는 고백을 하고」라는 노래였다. 20년 전 축제 때 우리가 함께 불렀던 바로 그 노래였다. 노래를 부르는 사람이 누군지는 알 수 없었다. 나나 친구들의 목소리는 아니었다. 엇박자 D의 목소리도 아니었다. 한 사람의 목소리가 두 사람의 목소리로 바뀌었다. 두 사람의 목소리가 세 사람의 목소리로 바뀌었고, 네 사람, 다섯 사람의 목소리로 바뀌었다. 합창을 하고 있었다. 하지만 합창이라고 하기에는 서로의 음이 맞질 않았다. 박자도 일치하지 않았다.

"22명의 음치들이 부르는 20년 전 바로 그 노래야. 내가 제일 좋아하는 음치들의 목소리로만 믹싱*한 거니까 즐겁게 감상해

* 믹싱 다수의 소리를 혼합하는 과정.

줘."

무선 헤드셋에서 다시 엇박자 D의 목소리가 들렸다. 조명은 하나도 켜지질 않았다. 완전한 어둠 속에서 노래가 흘러나오고 있었다. 어둠 속이어서 그런 것일까. 노래는 아름다웠다. 서로의 음이 달랐지만 잘못 부르고 있다는 느낌은 들지 않았다. 마치 화음 같았다. 어둠 속이어서 그럴지도 모른다. 음치들의 노래는 어두운 방에서 전원 스위치를 찾는 왼손처럼 더듬더듬 어디론가 내려앉았다. 아무도 웃지 않았다. 몇몇 관객은 후렴을 따라 부르기까지 했다. 1절이 끝나자 피아노 소리가 들렸다. 그리고 조명이 켜졌다. 더블더빙이 「오늘 나는 고백을 하고」의 간주*를 연주했고, 관객들의 박수가 터져 나왔다. 몇몇은 휘파람을 불었고, 누군가 브라보를 외쳤다.

음치들의 노래 2절이 시작되자 더블더빙은 다시 연주를 멈췄다. 악기를 연주하면 그들의 노랫소리가 이상하게 들릴 것이 분명했다. 22명의 노래가 절묘하게 어우러지는 이유는, 아마도 엇박자 D의 리믹스 덕분일 것이다. 22명의 노랫소리를 절묘하게 배치했다. 목소리가 겹치지만 절대 서로의 소리를 해치지 않았다. 노래를 망치지 않았다.

앞자리에 앉은 친구들의 얼굴에는 아득하게 흐려진 어떤 것

* 간주 한 악곡의 도중에 어떤 기분을 나타내기 위하여 연주하는 부분. 협주곡의 독주부에 끼인 관현악의 합주 부분이나 노래가 잠시 그친 사이에 연주되는 기악 반주 따위이다.

을 추억하는 듯한 표정이 서려 있었다. 그들은 모두 입을 벙긋거리며 노래를 따라 부르고 있었다. 나도 모르게 나 역시 노래를 따라 부르고 있었다. 오래된 노래였지만 가사가 모두 기억났다. 20년 전과 달리 이번에는 우리들이 립싱크를 하고 있었다. 음치들의 노랫소리에 맞춰 우리는 입을 벙긋거렸다. 노래를 따라 부르긴 했지만 입 밖으로 소리를 내지는 않았다. 그저 입만 벙긋거렸다. 다른 친구들도 모두 그러는 것 같았다. 우리는 그것이 엇박자 D에 대한 예의라고 생각하고 있었다.

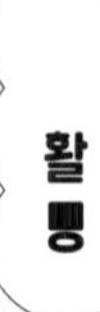


1. 이 소설은 고등학교 시절 합창단의 단장을 맡았던 친구 '엇박자 D'에 대한 '나'의 서술로 이야기가 진행됩니다. 아래 괄호 안을 채우면서 엇박자 D는 어떤 사람인지 파악해 봅시다.

| | 엇박자 D의 행동 | 그에 대한 '나'의 판단 |
|---|---|---|
| 고등학교 시절 | · 시디를 300장쯤 모음.<br>· (　　　　)에 자원함.<br>· (　　　　)하는 것이 창피하여 2절부터 목소리를 내어 (　　　　)를 부르고 음악 선생에게 수치스러운 일을 당함. | · 열성이 지나쳐 불편함.<br>· 이상한 사람.<br>· 음치, 박치.<br>· 틀리고 잘못한 사람.<br>· 교사 지시에 불응함. |
| 그 이후 | · 자신만의 프로젝트로 (　　　　)를 만들어 냄.<br>· 공연 기획에 도전하고 친구들을 초대하여 감동을 줌.<br>· 음치 22명의 노랫소리를 리믹스해서 아름다운 (　　　　)을 만들어 냄. | · 사회적 통념을 바꾸는 공연 기획자.<br>· 음악적 감각이 뛰어남.<br>· 스스로 트라우마를 극복한 친구.<br>· 존경할 만한 사람. |

엇박자 D의 행동을 통해 알 수 있는 그의 성격:

2. 교내 합창단은 학생의 개성을 살리고 좋은 취미와 특기를 기르는 특별 활동 중 하나입니다. 소설 속 합창단을 이끄는 음악 선생의 생각을 추론하고 엇박자 D와 비교해 빈칸에 알맞은 내용을 채워 봅시다.

| | 음악 선생의 생각 | 엇박자 D의 생각 |
|---|---|---|
| 합창의 개념 | 모두가 똑같은 음,<br>똑같은 박자로 노래하는 것. | |
| 음치 | 기준에 미달한 사람.<br>틀린 사람. | 음치는 '자신'이 알아낸 게 아니고 '남들'에게 '음치'라고 세뇌당함. |
| 문제 해결 방식 | | 서로의 소리를 해치지 않으면서 어우러지게 배치함. |
| 전체와 개인 | 전체를 위해 개인은<br>희생되어도 됨. | |

3. '나'는 엇박자 D와 공연 준비를 함께하면서 그를 보는 눈이 조금씩 달라집니다. '나'가 마지막 장면에서 음치들의 노랫소리에 맞춰 입만 벙긋거리는 것이 엇박자 D에 대한 예의라고 생각한 이유는 무엇인지 써 봅시다.

4. 어떤 일에 대한 열정이나 개성이 몹시 강한 친구를 보면 불편한 마음이 드나요? 아니면 멋지고 대단하다는 마음이 드나요? 구체적인 경험을 들어 생각해 봅시다.

내가 겪은 경험:

그 경험에서 들었던 마음:

# 명랑한 밤길

공선옥

孔善玉(1963~ ) 소설가.
전남 곡성에서 태어나 1991년 『창작과비평』을 통해 작품 활동을 시작했다. 우리 사회 여성들의 신산한 삶과 끈질긴 모성애, 가난하고 소외된 이웃들의 고단한 생활 등을 생생히 그려 왔다. 소설집 『피어라 수선화』 『멋진 한세상』 『명랑한 밤길』 『나는 죽지 않겠다』 『은주의 영화』, 장편소설 『오지리에 두고 온 서른 살』 『수수밭으로 오세요』 『내가 가장 예뻤을 때』 『영란』 『꽃 같은 시절』 『그 노래는 어디서 왔을까』 등을 썼다. 만해문학상, 신동엽문학상, 오늘의 젊은 예술가상, 올해의예술상, 요산김정한문학상 등을 수상했다.

## 들어가며

사람은 살면서 누구나 수많은 어려움에 직면하게 됩니다. 열심히 노력해도 때로는 만족스러운 결과가 나타나지 않는 학업의 어려움을 비롯해, 마음의 크기가 다른 상대와 소통하고 친밀해지는 과정에서 겪는 관계의 어려움, 불확실한 미래에 대한 두려움과 싸우며 목표를 향해 나아가는 중에 만나는 진로나 진학의 어려움 등 청소년 시기에도 여러 어려움에 부딪히게 되지요.

그렇다면 이렇게 어렵고 힘든 상황을 극복하는 방법에는 무엇이 있을까요? 재미있는 영화를 보거나 여행을 가는 등 여가 활동을 통해 이겨내는 사람도 있고, '슬픔을 나누면 반이 된다.'라는 말처럼 다른 사람들과 만나고 대화하며 위로와 공감을 얻는 사람도 있습니다. 여러분도 힘든 시기에 노래 가사에 더 귀를 기울이거나 웹툰이나 드라마, 영화의 등장인물에 더 공감한 경험이 있을 거예요. 문학 작품을 통해 타인의 삶을 들여다보면서 비슷한 감정을 느끼고 위안을 얻을 수도 있습니다.

「명랑한 밤길」은 가난하고 답답한 농촌 현실에서 벗어나고 싶어 하지만 도시에서 온 남자에게 이별을 통보받고 힘들어하는 '나'와 외국인 노동자들의 삶을 연결 지은 작품입니다. 실연으로 인한 상처와 절망감을 안고 밤길을 걸어 귀가하는 중에 '나'는 우연히 두 외국인 노동자의 대화를 엿듣게 됩니다. 힘들고 어려운 환경 속에서도 씩씩하게 살아가는 그들의 뒷모습을 바라보며 '나'도 삶에 대한 의지와 미래를 향한 희망을 품게 됩니다. 이처럼 우리 곁에서 함께 살아가지만 그동안 별다른 관심을 두지 않았던 소외된 이들이 있는지 생각해 봅시다. 인간다운 삶을 영위하는 데 어려움을 겪는 이들을 떠올리며, 타인에 대한 이해와 소통의 중요성을 되새기면서 작품을 읽어 봅시다.

비는 거칠게 그리고 지루하게 내렸다. 온 집 안에서 습기 냄새가 진동했다. 장마가 시작된 지 일주일째다. 그 일주일 동안 비는 끊임없이 내렸다.

……그래도 못 잊어 나 홀로 불러 보네 사랑은 아직도 끝나지 않았네…… 훨훨 날아가자 내 사랑이 숨 쉬는 곳으로…… 나를 잠 못 들게 하는 사람아…… 훨훨 훨훨 이 밤을 날아서…… 나를 잠 못 들게 하는 사람아…….

비 오는 날이면 첫사랑이 생각나네요. 첫사랑이 생각날 때마다 마음이 괴로워요. 장마가 일찍 끝났으면 좋겠네요. 성심병원 수간호사…… 수와진 파초…… 불꽃처럼 살아야 돼 오늘도 어제처럼 저 들판에 풀잎처럼 우리 쓰러지지 말아야 해 모르는 사람들을 아끼고 사랑하며 행여나 돌아서서 우리 미워하지 말아야 해……. 이은미의 목소리로 듣죠, 서른 즈음에. 또 하루 멀어져 간다 내뿜은 담배 연기처럼 작기만 한 내 기억 속엔 무얼 채워 살고 있는지 점점 더 멀어져 간다 머물러 있는 청춘인 줄 알았는데…….

라디오 소리는 이 세상이 끝나는 날까지 들려올 것 같다. 이 세상이 끝나는 날도 라디오는 조용필과 윤도현과 수와진과 이은미의 노래를 틀어 줄 것 같다. 사람은 가도 라디오는 영원할 것 같다. 이제 갓 환갑을 넘긴 엄마의 분별력은 장마철로 접어든 지난 일주일 동안 눈에 띄게 떨어지고 있었다. 사방에 꽉 찬 습기가 엄마의 뼈와 살을 아프게 하고 엄마의 마음을 아프게 한다.

"야야, 너네 아버지가 날 버렸다."

엄마한테 치매기가 생긴 건 작년 아버지 장례를 치른 지 딱 사흘째부터였다. 엄마는 그때부터 아버지가 자신을 버렸다며 슬퍼했다. 처음에는 몰랐다가 한 달 동안 엄마 입에서 같은 말이 반복됐을 때야 그게 치매인 줄 알았다. 그러나 나로서는 속수무책이었다. 이제 겨우 스물한 살인 나는 엄마를 어떻게 해야 할지 알 수 없었다. 분명한 건 당분간 엄마를 떠나 먼 곳으로 갈 수 없게 되었다는 사실뿐. 나는 내가 태어나 살던 이 고장을 떠나 먼 곳으로, 도시로 나가 살고 싶은 그 열망 하나로 간호 학원을 다녔다. 간호 학원을 마치자마자 아버지가 세상을 떠났고 형제들은 제 살 곳으로 떠났으며 엄마와 나만 남았다. 오빠들은 내게 말했다.

"면 소재지에 병원이 두 개나 있다."

언니도 말했다.

"치과도 있고 한의원도 있어."

두 명의 오빠와 한 명의 언니 중 두 오빠가 신용 불량자이고 언니는 이혼하여 모자 가정*의 가장이다. 두 오빠는 서로 의기투합하여 연대 보증으로 빚을 얻어 한 오빠는 화훼 하우스를 하다가 태풍으로 하우스가 무너지는 바람에 폭삭 망했고 한 오빠는 망한 오빠의 빚을 갚지 못해 망했다.

나는 우산을 받고 마당으로 나가 아욱잎을 뜯는다.

"야야, 그래서 내가 이렇게 아픈 거야. 여기도, 여기도, 여기도."

아욱잎은 열 장만 뜯어도 충분하다. 그러나 그 열 장을 뜯기가 어려울 만큼 아욱잎은 잔뜩 쇠어* 있다.

"야야, 근데 너네 아버지가 진짜 날 버린 거니?"

아욱을 포기해 버릴까? 꽃이 핀 아욱을 보면 왈칵 무섬증이 인다. 야들야들한 아욱잎이 주던 기쁨, 그 보드라운 잎을 뜯어 부드러운 아욱 된장국을 끓여 먹었던 행복감에 비례해서 부숭부숭하게 꽃이 돋아나기 시작한 직후부터 뻣뻣해진 아욱잎을 보면 생에 대한 아득한 절망감이 엄습해 온다. 내가 이것을 심어 놓고 불과 두 번밖에 끓여 먹지 못했구나. 두 번밖에 끓여 먹지 못해서 절망스러운 게 아니라, 야들야들한 아욱이 어느새 부숭부숭 꽃을 피우는 동안 아욱밭을 까맣게 잊고 있었던 것이, 그 아욱밭을 잊고 있던 동안의 나의 행적이 스스로 무서운

* 모자 가정  이혼이나 사별로 인해 배우자가 없는 여자가 아동을 부양하고 있는 가정.
* 쇠다  채소가 너무 자라서 줄기나 잎이 뻣뻣하고 억세게 되다.

것이다. 아욱이 꽃을 피우고 꽃이 지고 아욱은 늙어 가고 이윽고 녹아 없어져 버린 연후에야 내가 아욱밭에 와서, 아욱밭에 주질러앉아서* 눈에 보이지 않는 아욱을 찾느라 슬피 울 것만 같은 불길한 예감에 진저리를 치는 것이다. 어쨌든 그래도 아직 부드러운 기가 남아 있는 아욱잎을 딴다. 비가 아무리 와도 거름기가 없는 밭은 잇몸이 깎여 나간 노인의 이마냥, 단단한 흙의 맨살만이 서슬 푸르게 드러날 뿐이다. 자갈이 많이 섞인 아욱밭에 비해 그래도 고추밭은 비름이랑 강아지풀이 섞여서 제법 찰진* 흙냄새를 풍긴다.

"야야, 너네 아버지 온댄다."

나는 고추를 딱 세 개 땄다. 엄마는 딱 하나만 먹을 거면서 언제나 더 많이 따기를 원한다. 엄마 거 하나 따는 김에 함께 딴 고추로 나는 오늘 저녁 잔뜩 약 오른 고추 두 개를 먹어야 하리라. 그러고 나면 밤에 내 속은 많이 쓰릴 것이다.

"야야, 너네 아버지 언제 온대니?"

아욱국과 된장 종지와 고추 세 개가 동그마니 놓인 저녁 밥상이다. 수저를 들려다 보니 문득 토마토밭 쪽에 뭔가 새뜩한* 게 어른거린다. 나는 다시 질퍽한 마당으로 급하게 내려섰다. 방울토마토가 딱 두 개 빨갛게 익어 있다. 빨간 방울토마토 두 개가

* 주질러앉다 '주저앉다'의 사투리.
* 찰지다 반죽이나 밥, 떡, 흙 따위가 끈기가 많다.
* 새뜩하다 산뜻하게 눈에 띄다.

올라오니 적막한 저녁 밥상에 꽃등 두 개가 켜진 것 같다. 빨간 방울토마토 두 개를 가운데 놓고 모녀는 드디어 한없이 느리기만 한 숟가락질을 시작했다.

연세가정의원은 토요일이면 오후 3시에 문을 닫는다. 의사는 이미 퇴근하고 나와 수아가 막 병원 문을 잠그려던 순간이었다. 병원 문을 잠그고 나서 나는 수아와 함께 면 소재지를 휘감아 도는 강변 둑방 길을 좀 걷다가 가게에서 음료수를 사 먹고 집으로 갈 참이었다. 그 둑방 길에서 최근에 수아가 산 엠피스리 플레이어로 다운받아 놓은 최신 발라드 곡을 들을 수 있을지도 모른다.

봄이면 둑방 길에 벚꽃이 아름답게 피어났다. 그 둑방 길을 수아와 내가 걸어가면 젊은 여자가 귀한 이 고장의 젊은 남자들이 눈부시게 우리를 바라볼 것이다. 바람이 불면 수아와 내가 짝 맞춰 입고 나온 하늘색 원피스와 녹색 플레어 치마가 우리 다리에 부드럽게 휘감길 것이다. 그리고 그뿐이다. 우리는 각자 고요한 귀갓길을 서두를 것이다. 그러지 않으면 수아와 나의 동창이자 선배이자 후배인 이 고장의 젊은 남자들이 우리를 가만두지 않을지도 모른다. 더군다나 이즈음에 부쩍 눈에 많이 띄기 시작한 외국인 노동자들이라니.

퇴근길에 농공 단지 안 플라스틱 공장 사장 만배가 커피 좀 마시고 가라 해서 들어가 본 만배의 일터에서 나는 처음으로 실제로 노동하고 있는 외국인들을 보았다. 언제부턴가 야산과 밭과 논 위에 가구 공장, 의료기기 공장, 플라스틱 공장들이 지어지더니 그곳이 공식적인 농공 단지로 지정되었다. 농공 단지 옆에서 만배는 돼지를 한 이백 두쯤 기르다가 불법 하수 처리 건으로 경찰서에 불려 가네 어쩌네 곤욕을 치른 뒤에 돼지막*을 플라스틱 사출* 공장으로 변신시켰다. 그리고 또 언제부턴가 농공 단지 주변에 외국인 노동자들이 들어오기 시작했다. 공장 안은 사출기 돌아가는 소리, 플라스틱 찍어 내는 소리, 라디오 소리가 진동했다. 기계 소리와 라디오 소리는 제각각 악을 쓰며 공장 천장으로 치솟았다가 바닥으로 곤두박질쳐 대고 있었다. 라디오에서 나오는 트로트를 따라 부르며 일을 하던 외국인 노동자 남자가 나를 흘끗거리자 만배가 침을 뱉듯이 거칠게 쏘아붙였다.

"얀마, 함부로 입맛 다시지 말고 빨리빨리 일해, 일."

그랬더니 얼굴이 검고 목이 검고 손이 검고 몸피가 가늘고 눈이 가는 외국인 노동자 남자가 씨익 웃으며 대꾸하는 것이었다.

"얀마, 하부로 이마싸지 말고 빨리빨리."

나는 커피고 뭐고 만정*이 떨어졌다.

* 돼지막 '돼지우리'의 방언.
* 사출 가열하여 녹인 플라스틱 재료를 일정한 모양의 거푸집(틀) 속에 넣고 냉각하여 물건을 만드는 일.
* 만정 온갖 정. 오만정.

농공 단지에서 일하는 남자들은 사장이고 사원이고 간에 너무 무식하고 너무 거칠고 너무 교양이 없고 하여간 저질이라고 수아는 질색을 했다. 수아도 나와 똑같은 경험을 한 모양이었다. 나도 수아의 말에 동의했다. 하여간 만배는 요주의 인물임에 틀림없었다. 그리고 무엇보다 공장을 경영하는 만배나 공장에서 일하는 남자들은 내게 새로운 세상을 열어 보일 능력이 없는 자들이었다. 그들을 조금이라도 바라보고 있자면 저절로 신물이 다 날 정도였다. 사정이 아무리 그렇더라도 다방 여자들 빼고 이 고장의 몇 안 되는 젊은 여자인 우리가 벚꽃이 휘날리는 둑방 길을 걷는 이유는 그래도 우린 젊기 때문이었다. 우리의 젊음이 봄의 꽃길을 도저히 거부할 수 없기 때문이었다. 꽃길 아래서 치마가 다리에 휘감기는 느낌이 간지러워 수아와 나는 아무것도 아닌 것을 가지고 까르르 웃을 것이다.

그러나 수아와 내가 병원 문을 잠그려는 순간, 하얀 지프차가 연세가정의원 앞에 멈추었고 한 잘생긴 남자가 일그러진 표정으로 차에서 내려 나와 수아 앞으로 왔다. 그가 농공 단지 남자가 아니라는 것을 나는 한눈에 알아보았다.

"가슴이 몹시 아픕니다."

그가 숨을 몰아쉬며 말했다. 그것은 거의 신음에 가까웠다. 수아가 냉정하게 말했다.

"문 닫을 시간인데요."

남자가 수아를 외면하고 나를 애절하게 바라보고 있다고 나는 느꼈다. 나는 서둘러 병원 문을 열었다. 의사에게 전화했으나 받지 않았다. 얼마 전 이혼한 의사는 요새 연애에 정신이 팔려서 특히 토요일에는 환자 보기도 건성이다. 그는 이 고장 여자들에게는 털끝만큼의 관심도 없다. 그는 업무가 끝나자마자 자동차로 한 시간 반이 걸리는 시내의 거처로 돌아갔다. 이 고장에 산다면 행여 이 고장 여자들 중 누군가가 밤에 그의 거처를 습격이라도 할까 봐 그는 시내에 사는지도 몰랐다. 일이 끝나고 수아와 나는 음료수를 마시며 우리에게 눈길 한번 주지 않고 말 한마디 부드럽게 건네지 않는 의사 흉을 보았다. 의사는 시내에 나가서 여기 사는 우리 흉을 보는지 알 수 없었다.

어쨌든 의사도 없는 의원 병상에 우선 남자를 누이고 윗옷 단추를 끌렀다. 그리고 다시 의사에게 전화를 했으나 받지 않았다. 수아는 환자를 나에게 맡기고 가 버렸다. 나와 환자만 남았다. 간호조무사인 나는 뭘 어떻게 해야 할지 몰랐다. 남자에게 물을 가져다주었다. 남자가 물을 마셨다. 그래도 가슴의 통증은 멈추지 않는 듯했다. 나는 남자의 등을 두드려 주었다. 남자는 가만히 있었다. 나는 남자의 팔다리도 주물러 주었다. 이마의 땀도 닦아 주었다. 간호조무사가 할 수 있는 한도에서 나는 최선을 다해 환자를 간호했다.

이윽고 환자의 상태가 조금씩 호전되었다. 나는 환자를 가만히 바라보았다. 환자도 나를 천천히 바라보았다. 환자의 눈에 눈물이 그렁그렁했다. 환자가, 아니 남자가 순간적으로 씨익 웃었다. 좀 전에 땀을 닦아 주었는데도 또다시 새로운 땀방울이 남자의 이마 가득 맺혀 있었다. 나는 간호하는 사람 특유의 본능으로 남자의 이마에 수건을 갖다 댔다. 남자가 괜찮다고 말했다. 지극한 찰나의 순간에 나는 부끄러움을 느꼈다. 직업적으로 최선을 다했다는 뿌듯함과 잘생기고 낯선 이성 앞에 섰을 때의 부끄러움이 동시에 일었다.

"고맙습니다."

나는 진정으로 몸 둘 바를 몰라 쩔쩔맸다. 남자는 쩔쩔매는 나를 해맑은 미소를 띠면서 바라보았다. 남자가 약간 더듬거리면서 또 말했다.

"담배를 끊어야겠어요. 그건 그렇고 제가, 제가 은혜를 갚아야겠지요?"

"은혜라니요?"

나는 이번에는 펄쩍 뛰었다. 남자의 고맙다는 말에 몸 둘 바를 모르는 나. 그리고 또 은혜 갚는다는 말에 펄쩍 뛰는 나. 나는 이제 겨우 스물한 살이었다. 남자가 이번에는 더듬거리지 않고 좀 더 울림이 큰 목소리로 말했다.

"아니에요, 당신은 내 목숨의 은인이나 마찬가지예요. 은혜를 갚고 싶습니다."

그러려고 그런 것은 아니지만 이번에는 고개가 저절로 숙여졌다. 떨리는 심장 소리가 내 귓가에 생생하게 요동쳤다. 나는 남자에게 은혜 갚을 기회를 주지 않으면 내가 나쁜 사람이 될 것 같았다. 그래서 겨우겨우 허락했다.

"그러세요, 그럼."

다시 한 번 남자가 고맙다고, 울림이 큰 목소리로 말했다. 남자는 내 전화번호를 따고 자신의 전화번호를 남기고 갔다. 그날은 은혜를 갚을 시간이 없는 모양이었다.

밤에 수아에게서 전화가 왔다. 그 남자를 어떻게 했느냐고 물었다. 우선 윗옷 단추를 끌러 줬다고 말했다.

"윗옷 단추를 끌렀다고?"

그다음에는 물을 갖다주고 등을 두드려 주었다고 말했다.

"등을 두드려 줬다고?"

그다음에는 팔다리를 주물러 주고 이마의 땀을 닦아 주었다고 말했다. 수아가 갑자기 비명을 질렀다.

"까악!"

나는 가만히 있다가 물었다.

"얘기 계속해도 돼?"

수아가 그러라고 했다.

"이마에 땀이 나서 내가 닦아 주니까 고맙다고 했어. 그리고 은혜를 갚겠다고."

"은혜를 갚겠대?"

"응, 은혜를 갚겠다고 내 전화번호를 가져갔어."

수아 쪽에서 뚜우뚜우, 소리가 났다. 수아는 통화 중에 딴 데서 전화가 오면 신호해 주는 장치를 한 모양이었다. 그런 장치를 하려면 또 어디 가서 어떻게 해야 하는지 나는 알지 못했다. 그렇지만 그 소리가 무슨 소리인 줄은 나도 알았고 알면서도 모르는 척 짐짓 놀라며 물었다.

"무슨 소리니?"

"응, 다른 전화가 왔나 봐. 연이야, 내가 이거 한 가지만 말할게. 맘에 들수록 남자한테는 냉정해야 한다, 너."

"알았어."

수아가 급하게 전화를 끊었다. 전화를 끊자마자 또다시 전화벨이 울렸다.

"왜?"

"은혜를 갚고 싶군요."

수아가 아니었다. 남자의 전화였다. 수아처럼 해야지, 냉정하게.

"……밤이, 밤이 늦었어요."

"제가 시간이 없어서요."

그리고 나는 이미 전화기를 붙들고 옷을 입고 있었다. 봄밤은 차가웠다. 급하게 입고 나온 얇은 블라우스 속 맨살에 소름이 돋아났다. 남자가 몰고 온 하얀 레저용 지프차에 몸을 실었다. 남자가 히터를 틀어 주었다. 음악도 틀어 주었다. 나는 낮게 읊조렸다. 별이 빛나는 밤에.

"프랑크 푸르셀*의 메르시 셰리예요."

나는 부끄러웠다. 그리고 순간적으로 남자가 존경스러워졌다. 뭔가를 정확히 가르쳐 줄 수 있는 능력을 가진 남자는 여자에게 확실히 존경을 받을 만하다고 생각했다. 나는 내가 부끄럽고 남자가 존경스러운 것이 슬펐다. 나는 「별이 빛나는 밤에」라는 라디오 프로의 시그널 음악으로만 알고 있는 것을 남자는 누구의 어떤 음악이라는 것으로 정확히 알고 있다. 나는 남자가 나와는 다른 세계에 속해 있음을 느꼈고 그래서 슬펐다. 슬퍼도 하는 수 없는 그런 슬픔이었다. 남자는 자신의 차를 몰고 별이 빛나는 밤길을 십 분쯤 달렸다. 남자는 나를 자신의 거처로 안내했다.

언제인가 수아가 꼭 한번 들어가 보고 싶다고 말한 바로 그 집이었다. 퇴근길에 수아는 나를 바로 이 집 앞으로 데리고 온 적이 있었다. 병원에서부터 치자면 병원과 우리 집과 남자의 집과 수아 집이 차례로 있었다. 나는 퇴근길에 남자의 집을 거치지 않지만 수아는 언제나 남자의 집을 거친다. 거치는 동안에 어느 날부턴가 남자의 집에서 새어 나오는 어떤 낯선 기미를 수아는 알아챈 모양이다. 밤이었다. 남자의 집에서는 음악 소리가 낮게 흘러나오고 있었다. 수아가 속삭였다.

"난 언젠가 꼭 이 집 안에 들어가 보고 싶어."

"누가 사는지 알아?"

* 프랑크 푸르셀(Franck Pourcel) 프랑스의 바이올리니스트.

"모르긴 몰라도 멋진 남자가 혼자 살고 있을 거야."

"걸 어떻게 아는데?"

"빨래가 늘 한 사람 거야."

집은 겉보기에 평범했다. 그냥 보통 시골집이었다. 다른 집과 조금 다른 것은 집으로 들어가는 길목에 팬지가 몇 포기 심겨 있다는 것. 이 고장 사람들은 결코 팬지 따위는 심지 않는다. 남자는 차를 대문간에 세워 두고 나를 마치 비밀의 화원으로 안내하듯이 어딘가 비밀스런 몸짓으로 자신의 집 안으로 들였다. 남자가 방문을 열자 거기에는 여태까지 내가 보통 집에서는 본 적이 없는 많은 책들이 쌓여 있었다. 책은 책장에도 꽂혀 있고 방바닥에도 쌓여 있었다. 책뿐이 아니었다. 책장과 벽에는 영화 포스터와 엽서와 사진과 오려진 신문 기사 조각들이 압정에 꽂혀 있었다. 방 안은 대체로 정갈했다. 남자는 집 안에 들어와서도 음악을 틀었다. 나는 이번에는 소리 내지 않고 입만 달싹여서 노래를 기억해 냈다. 테이스터스 초이스, 아니 에스콰이어인가? 남자가 커피를 끓여 내왔다. 진한 커피 향이 방 안에 가득 찼다.

"알지요? 빌리 홀리데이,* 스목게츠인유어아이스."

나로서는 도무지 알아들을 수 없는 노래 제목을 남자는 유연하게, 그리고 야속하게도 너무 빠르게 발음했다. 남자가 발음하

* 빌리 홀리데이(Billie Holiday) 미국의 재즈 가수.

는 노래 제목들이 나는 낯설고 생경했다. 이상하게 조금씩 화가 나려고 했다. 문득, 뭐 하나가 묻고 싶어졌다. 커피 주고 음악 틀어 주는 게 은혜 갚는 건가요? 엄마는 지금 몰래 빠져나간 딸의 행방을 찾아 마당을 서성이고 있을까. 비척거리고 골목을 나와 지팡이로 땅바닥을 치며 울고 있을까. 그래서 누가 물으면 엄마는 울면서, 애가 날 버렸어요. 지 애비처럼 우리 애가 날 버렸다구요, 이 에미 밥 해 먹이기 싫고 빨래해 주기 싫고 같이 살기 싫다고 가 버렸다구요, 쿨쩍거리고 있을까. 그렇지만 나는 쉽게 일어서지도 못했다. 뭔가 낯설고 낯설어서 달착지근한 공기가 내 몸속에 스미고 내 영혼을 적시고 있는 느낌이 꼭 싫지만은 않았던 것이다. 무엇보다 나는 남자가 이 고장 남자가 아니라는 사실 앞에서 흥분하고 있음에 틀림없었다.

남자는 처음에는 이따금 밤에 전화를 해서 나를 불러냈다. 남자는 나를 데리러 왔고 나를 데려다주었다. 남자는 차 안에서도, 집에서도 음악을 틀었다. 더러 내 귀에 익은 음악도 있었고 생전 처음 듣는 것도 있었다. 남자와 내가 첫 키스를 하던 날 들은 음악은 처음 듣는 것이었다. 나는 남자가 내게 그 음악의 제목을 말해 주길 원했다. 남자가 내가 모르는 것을 말해 주는 것이 나는 좋았다. 그렇지만 남자가 말해 주는 음악의 제목들을 귀담아들으려고 해도 귀에 담아지지 않았다. 그것들은 나로서는 몹시 어렵고 먼 곳의 음악들이었다.

"지금 나오는 음악 제목이 뭐예요?"

남자는 내 입술에 뜨거운 숨결을 퍼부어 대며, 음악 제목 같은 것은 대수롭지 않다는 듯이 얼른 말해 주었다. 언제나 그랬듯이 야속할 정도로 빠르게.

"마리아 베르곤자라고 베빈다*의 파두야."

키스를 멈추고 남자가 내 블라우스의 단추를 끄를 때 나온 음악은 나도 어디선가 들은 기억이 있었다. 나는 저 음악을 언제 어디서 들었는가를 곰곰이 생각했다. 나는 순간적으로 짧은 탄성을 내질렀다. 그것은 스피드 공일일이었던 것이다. 내가 탄성을 지른 것이 그의 손길 때문이라고 생각했는지 그는 배고픈 어린 짐승처럼 내 가슴을 파고드는 데에만 열중하고 있었다.

우리 집에서 그의 집으로 가려면 강둑을 지나서 강을 가로지른 다리를 건너고 농로를 지나고 지금은 폐쇄된 정미소를 지나야 했다. 정미소는 벌겋게 녹슨 양철 지붕을 인 채로 거기 논 가운데 삼 년째 방치되고 있었다. 그는 늘 정미소 앞을 지날 때 차를 멈칫거리곤 했다. 나는 그가 무슨 행동을 하고 싶어서 그러는지를 알고 있었다. 그러나 그는 한 번도 정미소 안으로 나를 밀어 넣지는 못했다. 단지 정미소 앞에서 문득 차를 멈추었을 때, 나는 생각보다 작은 그의 머리통을 힘껏 안아 주었을 뿐이다. 그럴 때 그의 머리에서는 나로서는 처음 맡는 샴푸 냄새가 났다. 나는 그 샴푸에서 나는 냄새의 이름을 알고 싶었다. 그

* 베빈다(Bevinda) 포르투갈의 블루스 가수. 파두는 포르투갈의 대표적 대중 가곡.

러나 그 샴푸 냄새의 이름이 뭐냐고 물을 용기가 없어서 나는 그만, 샴푸 이름을 묻고 말았다. 그는 내가 그의 이마에 난 땀을 닦아 주려고 수건을 그 이마에 댔을 때 그랬던 것처럼 나를 뚫어서라 쳐나보나가 불쑥 발했다.

“떠 블 리 찌 샴푸.”

나는 나의 스물한 살 봄밤을 그와 함께 먼먼 나라, 그가 없으면 닿을 수 없는 나라를 여행하는 것만 같았다. 나 혼자서는 도저히 갈 수 없는 낯설고 아득한 나라를. 그가 있어야만 닿을 수 있는 나라를 여행하는 것은 그래서 슬펐다. 아름답고 슬프고 쓰라린 여행을 끝내고 집에 돌아왔을 때, 나는 이번에는 낯익고 낯익어서 슬픈 풍경과 맞닥뜨려야만 했다. 엄마는 나를 기다리며 먼지 푸석푸석한 마당에서 밤중 내 맴을 돌았다.

어느 날부터인가 남자가 전화만 하고 데리러 오지 않았다. 남자는 말했다.

“택시 타고 와.”

‘택시비는 줄 건가요?’

그러나 나는 묵묵히 있었다. 그러자 그가 다시 한번 내 귓불에 더운 김을 불어 넣듯이 속삭였다.

“빨리 보고 싶단 말이야.”

마음이 조금 흔들렸다.

‘그러면 차를 가지고 오세요.’

"지금 맛있는 거 만들고 있어."

'음식 만드느라, 나를 데리러 오지 못하는 거구나.'

나는 택시를 탔다. 문을 열고 들어서자 그의 어서 와, 소리가 부드럽게 감겨 왔다. 그가 만든 음식은 꽁치 통조림 찌개였다. 찌개를 한 숟갈 뜨다가 문득 그가 말했다.

"집에서 혹시 농사 좀 짓니?"

"네."

우리 집은 이제 농사지을 땅도, 농사지을 사람도 없다.

"누가?"

"엄마가요."

이제 갓 환갑을 넘긴 엄마가 치매에 걸렸다는 말을 나는 하고 싶지 않았다.

"야, 좋겠다. 시골 살면 농사도 짓고 해야 하는데 말이야."

그날 밤은 음악이 없었다. 계속 거짓말하기도 뭣하여 내가 화제를 돌렸다.

"음악 안 들어요?"

"음악? 노트북이 고장 났어. 완전 맛이 갔나 봐."

"노트북 없으면 음악 못 들어요?"

"음악만 못 듣냐? 글도 못 쓰지."

나는 그래서 그가 무슨 글을 쓰는지는 모르지만 '글 쓰는 사람'임을 알았다.

"그건 그렇고 농사는 무슨 농사 짓는데?"

"여러 가지요. 고추, 파, 시금치, 상추, 쑥갓, 가지, 치커리, 토마토, 방울토마토, 아욱."

"야아, 맛있겠다. 직접 기른 채소들은 맛도 좋아, 그치?"

"네. 근데, 왜 농사짓느냐고 물으셨어요?"

"이 찌개에다가 직접 농사지은 무공해 고추랑 파 좀 썰어 넣으면 완전 예술일 텐데 싶어서 그러지 뭐."

"제가 갖다드릴게요."

"정말?"

"네."

남자가 화들짝 기뻐하며 내 이마에 키스했다. 그리고 부드러운 눈길로 나를 바라보며 말했다.

"착하고 사랑스러운 너를 내가 지켜 줄게."

그날 밤, 노트북 없으면 글을 못 쓰는 '글 쓰는 사람'은 술에 취해서 나를 데려다주지 못했다. 나는 밤길을 걸었다. 그리고 엄마를 생각했다. 이런 밤에, 엄마가 나를 기다리면서 마당을 뱅뱅 돌지 않게 할 방법은 없을까. 생각에 생각을 거듭한 결과 나는 엄마에게 농사를 짓게 하는 게 좋겠다는 결론을 내렸다. 치매에는 손을 놀리는 것이 좋다고 했다. 엄마는 화투도 칠 줄 모르고, 그렇다고 나이 든 엄마를 손 놀리게 한답시고 피아노 학원에 보낼 수도 없고, 우울증적 치매에는 무엇보다 녹색 세상을 열어 주는 것이 좋다는 말을 라디오에서 들은 것도 같아서 나는 나름대로 판단을 내린 것이다. 더구나 엄마는 농사 경험도 풍부하다.

하지만 이제, 우리 집은 농토는커녕 텃밭도 없다. 옆집에서 우리 집 텃밭 자리까지 사들여서 어느 날 시멘트 블록을 잔뜩 올려 외국인 노동자들을 겨냥한 빌라 비슷한 건물을 지은 탓에 예전의 기름진 텃밭은 없어진 지 오래였다. 다른 집 다 하는 시멘트 마당을 안 한 것은 돈이 없어서이긴 했지만 결과적으로 잘한 처사인 것 같았다. 솔직히 말해서 채소를 직접 길러 먹으면, 부식비*는 절약될 것이다.

나는 남자에게 무공해 채소를 조달해 주기 위해 텃밭을 일구려는 게 절대로 아니라는 사실을 나 자신에게 누누이 각인시켰다. 그러나 아침저녁으로 마당을 일구어 채소밭을 만들고 드디어 첫 물고추*가 열렸을 때, 나는 그 누구보다 남자를 생각했다. 그가 다시 나를 불러 주기를. 그러나 그는 나를 불러 주지 않았다. 고추는 저러다 가지가 휘어지는 것이 아닌가 싶을 정도로 주저리주저리 열렸다. 하룻밤 자고 일어나 고추를 보면 그만큼 늘어난 고추가 겁이 날 지경이었다. 상추는 또 어떤가. 엄마가 울면서 빽빽이 돋아 나온 상추를 솎아 주었다. 농작물을 자식 대하듯 하는 엄마의 심성은 하나도 변하지 않은 모양이다.

"야야, 너네 아버지가 왜 이걸 솎아 주지도 않는대니?"

* 부식비 식생활에서 반찬 따위의 부식을 구입하는 데 드는 비용. 부식은 주식에 곁들여 먹는 음식으로, 밥에 딸린 반찬 따위를 이른다.
* 물고추 마르지 않은 붉은 고추.

상추는 솎아 주지 않으면 어느 한 날 비에 다 녹아 버리는 수가 있다는 것을 엄마는 정확히 알고 있었다. 엄마는 솎은 상추를 내게 건네주며 말했다.

"야야, 너네 아버지 상에 상추 김치 놓아 느려라."

나는 엄마와 적막한 저녁밥을 먹고 나서 엄마가 솎아 놓은 상추를 다듬어 신문지에 싸고 고추를 가지런히 찬통에 담고 치커리도 뜯어 봉지에 넣어서 남자의 집으로 갔다. 엄마는 아버지 상에 상추 김치를 놓아 주라고 했던 말을 잊은 것이 틀림없었다. 내게 무공해 채소를 가져다줄 거냐고 물으며 좋아했던 것을 잊은 것이 틀림없는 남자에게 나는 상추 김치를 만들어 주러 갔다. 남자는 어쩐 일인지 나를 집 안으로 들이지 않았다. 남자가 누군가와 함께 있다는 걸 나는 금방 알 수 있었다. 함께 있는 사람은 여자일 것이다. 그리고 그 여자는 수아일지도 모른다,고 나는 생각했다. 남자가 가로막고 선 다리 사이로 보이는 여자의 신발이 수아의 샌들과 비슷하다,고도 나는 생각했다. 일주일 전에 수아가 지난 일 년간 착실히 부어 온 적금을 깼다는 것을 나는 알고 있었다. 지난 주말에 수아가 시내 전자랜드에 간 것도 나는 알고 있었다. 수아는 전자랜드에 가서 노트북을 샀을까. 지금 남자의 집에서 음악 소리가 흘러나온다. 저 음악 소리는 수아가 사 온 노트북에서 나는 것일까. 나는 내가 가지고 간 것들을 남자에게 건네주었다. 남자가 감탄을 연발했다. 남자의 감탄은 깍듯했다. 나를 더 이상 부르지 않으면서부터 남자는 내게 깍듯하게 대하기로 결심한 것일까.

“잘 먹을게요. 근데 고추가 너무 많네요.”

“네, 고추가 많아요. 지난봄에, 시장에서 오십 주 사다가 심었어요. 상추도 씨앗을 너무 많이 뿌렸나 봐요. 거름발이 좋지 않은데도 우후죽순으로 났지 뭐예요. 거기 치커리 있잖아요? 보기에는 뻣뻣한 것 같아도 노지* 거라 고소해요. 벌써 색깔부터 다르잖아요?”

“그래요, 잘 먹을게요.”

“근데요, 저기 있잖아요, 여기 마당이요, 우리 집 마당보다 거름발 좋거든요. 풀 우거져 있는 것보다 채소 우거진 게 보기도 좋을 거예요. 언제 제가 일구어 드리면 안 될까요?”

“괜찮아, 신경 쓰지 마요.”

“저, 원래가 농사짓는 집에서 자라서 농사일은 잘하는데.”

“알았어요. 근데 오늘은 안 돼요.”

“안녕히 계세요.”

나는 남자의 집을 나와 밤길을 타박타박 걸었다. 엄마가 어두운 마당에 주질러앉아 달빛 아래서 상추를 솎고 있었다.

“야야, 너네 아버지 상에 상추 김치 놓아 드렸니?”

“네, 엄마.”

나는 연세가정의원을 그만두고 확장 개업할 예정인 김한의

* 노지(露地) 지붕 따위로 덮거나 가리지 않은 땅.

원으로 자리를 옮기기로 했다. 연세가정의원이 편하고 돈도 더 많이 주었지만, 나는 밤이면 남자에게로 가고 있는지도 모를 수 아와 아무렇지도 않은 듯이 함께 일할 자신이 없었다. 연세가정의원을 그만두고 김한의원이 새롭게 문을 여는 것을 기다리는 동안에 장마철로 접어들었다. 비는 거칠고 그리고 지루하게 내렸다.

나는 저녁밥을 먹고 고추와 상추와 치커리와 가지를 땄다. 그것들을 신문지에 싸서 비닐봉지에 담았다.

"야야, 너네 아버지 밥상에 상추 김치 올려라."

"알았어요, 엄마. 아버지한테 상추 김치 올리고 올게요."

나는 스물한 살의 처녀답게 명랑하게 대답했다.

비가 그친 저녁 하늘 한 귀퉁이에 오랜만에 별이 보였다. 별은 두꺼운 구름 사이, 간신히 찢어진 틈으로 위태롭게 빛나고 있었다. 남자의 집까지는 걸어서 한 시간이다. 나는 밤길을 천천히 걸어갔다. 병원에서 늦게 퇴근하거나 면 소재지에서 놀다가 집으로 오는 길이 무서울 때도 있었다. 그러나 지금은 그렇지 않다. 내가 애써 가꾼, 무공해로 가꾼 고추와 상추와 치커리와 가지를 주면서 나는 남자에게 물어볼 것이다. 지난날의 어느 한밤에 당신이 보고 싶다고 나를 불러내서 한 말을 잊었느냐고. 내 귓불에 뜨거운 숨결을 불어 넣곤 하던 어느 한밤에 당신이 내게 무공해 채소들을 정말로 가져다줄 거냐고 묻지 않았느냐고. 또한 그러한 날 밤에, 내 가슴에 머리를 처박고 한 말들을 잊었느냐고. 그리고 나는 기억한다. 나를 데리러 오고 데려다주던 밤에 그가 내게 한 말과 행동들을. 그걸 모른다 하면 그는 내게 죄를 지은 것이다.

그는 집에 있었다. 집 안에서는 음악 소리가 났고 그리고 그는 여전히 나를 집에 들이지 않았다. 나는 내가 가지고 간 것들을 남자에게 내밀었다. 위태롭게 반짝거리던 몇 낱의 별들은 어느 사이 다시 두꺼운 구름 너머로 사라졌다.

"무공해 채소예요."

"무공해고 뭐고 이제 그만 가져오세요."

"나는 당신에게 이 채소들을 갖다주기 위해 지난봄 내내 마당을 일구어 텃밭으로 만들었어요. 텃밭을 일구는 동안 손에서 피가 나기도 했죠."

"나는 연이 씨에게 손에서 피가 나도록 텃밭을 일구라고 한 적이 없어요."

"나는 당신 집에 오는 택시비 때문에 사람들 다 하는…… 통화 중에 다른 전화 왔다고 신호해 주는 장치도 못 했어요."

내가 그랬던가? 그러나 나는 그에게 어떤 말로 내 마음의 슬픔을, 분노를, 낯선 감정을 표현해야 할지 알 수가 없었다. 그래서 통화 중 대기 장치 따위의 엉뚱한 말이 튀어나올 수밖에 없었던 것이다. 당신은 나쁜 사람이라는 진짜 내 속마음을 말하기가 나는 두려웠다.

"무슨 장치?"

나는 문득 무안해져서 말하지 않았다.

"그건 장치한다고 하지 않고 설정한다고 하는 거야. 것도 모르니?"

남자가 조소했다.* 그 조소가 순간적으로 내게 용기를 주었다.

"장치든, 설정이든 하여간요. 난 누구처럼 엠피스리가 있는 것도 아니고 당신에게 노트북도 사 줄 수 없어요. 내가 당신에게 줄 수 있는 건 무공해 채소뿐이었어요. 나를 가지고 장난치지 마세요. 나는 이제 겨우 스물한 살이에요. 스물한 살 처녀한테 이러시면 죄받겠죠? 더군다나 당신은 배울 만큼 배운 사람이고 비록 노트북 없으면 못 쓰지만 이런 집도 구해서 글도 쓰고 하는 사람이잖아요?"

심장은 격렬하게 떨려 왔지만 나는 최대한 천천히 그리고 또박또박 말했다.

"야, 그동안 내가 너한테 얼마나 잘해 줬는데 이래? 너 올 때마다 내가 음식 해 주고 음악 들려주고 했던 거 생각 안 나? 생각난다면 이러면 안 되지. 너가 이러는 거 행패 부리는 거야. 행패 부리자면 너만 부릴 줄 알어? 나도 부릴 줄 알어. 하지만 내가 언제 너한테 행패 부린 적이나 있어? 단적인 예로 정미소 건

* 조소하다 흉을 보듯이 빈정거리거나 업신여기다. 또는 그렇게 웃다.

만 해도 그래. 내가 나쁜 맘만 먹었어도 정미소 지날 때 너 가만 안 뒀지. 근데 나 너한테 한 번도 험하게는 안 했잖아. 그리고 내가 굳이 너 같은 애한테까지 깊은 속애기 할 필요가 없어서 안 했는데, 내가 잘나가는 사람 같으면 뭐 이런 데서 이러고 있겠냐? 나도 누구처럼 여건만 된다면 너같이 돼먹지 못한 계집애한테 이런 수모를 당할 사람이 아니란 거 너 알어? 야, 내가 아무리 이런 집에서 이렇게 산다고 니 눈에 내가 거지로 보이냐? 이거 필요 없으니 가져가, 썅. 촌년이 발랑 까져 가지구서는. 에잇 재수 없어."

나는 남자가 내던진 비닐봉지에서 쏟아져 나온 나의 고추와 상추와 치커리와 가지를 수습했다. 손이 심하게 떨리고 심장은 그보다 더 떨렸다. 눈물은 나오지 않았다. 후드득 비가 쏟아지기 시작했다.

내가 비에 젖어 걸을 때, 뒤에서 누군가도 비에 젖어 걸어오고 있었다. 칠흑 같은 밤이다. 남자다. 대화를 나누는 걸로 봐서 두 사람이다. 나는 겁이 났다. 남자 집으로 갈 때는 악에 받친 어떤 기운 때문에 무섬증도 느끼지 못했다. 그러나 돌아오는 길은 무서웠다. 나에게 융단 폭격 같은 말 폭격을 퍼부어 대던 남자가 무섭고 칠흑 같은 밤이 무섭고 내 뒤에 오는 누군가가 무서웠다. 나는 세상이 무섭다는 것을 그날 밤 뼈저리게 체험했던 것이다. 나는 소리 없이 뛰었다. 그제야 눈물이 앞을 가렸다. 눈물이 앞을 가려, 발을 헛디뎠다. 신발이 벗겨지고 뭔가 날카로운 것이 발바닥을 찔렀다. 정미소 안으로 몸을 숨긴 뒤에야 나는 채소 봉지를 놓친 것을 알았다. 남자들이 정미소 앞에서 딱 멈추었다.

"잠깐만, 이게 뭘까?"

두 남자가 정미소 처마 밑에서 뭔가를 펼치고 있었다. 나는 어둠 속에 몸을 바짝 숨기고 숨을 죽였다.

"깐쭈, 그거 돈 아니야?"

"이건 고추야, 싸부딘. 상추도 있어. 월급날, 소주 마시고 삼겹살을 상추에 싸 먹어."

생각만 해도 즐거운가. 깐쭈가 노래를 부르기 시작했다.

사랑했나 봐 잊을 수 없나 봐 자꾸 생각나 견딜 수가 없어 후회하나 봐 널 기다리나 봐…….

나는 어둠 속에 몸을 숨긴 채로 그러나 나도 모르게 입을 달싹여 남자들이 부르는 노래를 따라 불렀다.

바보인가 봐 한마디 못 하는 잘 지내냐는 그 쉬운 인사도 행복한가 봐 여전한 미소는 자꾸만 날 작아지게 만들어…….

남자들이 노래를 뚝 멈추었다. 나도 입을 다물었다. 빗소리는 점점 더 거세졌다.

"싸부딘, 사장이 너무 불쌍해."

"난 사장 죽도록 미웠어. 깐쭈, 너 때문에 오늘 일 다 망친 거야."

"난 사장님, 돈 줘 소리 못 하겠어. 사장 돈 없어, 몸 아파, 어머니 아파, 사장 슬퍼."

"그래도 사장한테 말을 해야 했어."

"나는 사장님 돈 줘, 소리 못 해. 왜냐, 사장 돈 없어."

"깐쭈, 언제 떠나?"

"모레. 오늘 밤, 내일 밤 자고 모레. 내일은 시내 가서 윤도현 음악 시디하고 고무장갑하고 소주하고 옷하고 신발하고 여러 가지를 살 거야. 난 윤도현 왕팬이야."

"깐쭈, 넌 너희 나라 가면 뭐 할 거야?"

"모르겠어. 가면, 엄마 아버지 누나 여동생 사촌들 만나고 산에 올라 달을 볼 거야. 우리나라 네팔 달 볼 거야. 내가 뭘 할 건지, 달한테 물어볼 거야. 싸부딘은?"

"여동생이 한국 사람과 결혼했어. 시골이야. 동생이 남편한테 맞았어. 동생 많이 슬퍼. 형이 한국 여자랑 결혼했어. 형 여자 도망갔어. 조카 있어. 형이랑 조카 많이 슬퍼. 부모님 돌아가셨어. 우리나라, 방글라데시 가도 나는 아무도 없어. 한국에 다 있어. 난 갈 수 없어. 형 다쳤어. 손가락 잘렸어. 조카 살려야 해."

"싸부딘, 난 한국에서 슬플 때 노래했어. 한국 발라드야. 사장이 막 욕해. 나 여기, 심장 막 뛰어. 손가락 막 떨려. 눈물 막 흘러. 그럼 노래했어. 사랑 못 했어. 억울했어. 그러면 또 노래했어. 그러면 잠이 왔어. 그러면 꿈속에서 달을 봤어, 크고 아름다운 네팔 달이야."

깐쭈가 다시 노래한다.

가을 우체국 앞에서 그대를 기다리다 노오란 은행잎들이 바람에 날려가고 지나는 사람들같이 저 멀리 가는 걸 보네…….

나는 어둠 속에 몸을 숨긴 채 또다시 따라 했다.

세상에 아름다운 것이 얼마나 오래 남을까 한여름 소나기 쏟아져도 굳세게 버틴 꽃들과 지난겨울 눈보라에도 우뚝 서 있는 나무들같이 하늘 아래 모든 것이 저 홀로 설 수 있을까…….

싸부딘도 노래했다.

어머나 어머나 이러지 마세요 더 이상 내게 이러시면 안 돼요…….

노랫소리는 빗소리에 섞여 쌀겨 냄새 가득한 정미소 안으로 스며들었다.

"싸부딘, 여기 상추도 있고 고추도 있어. 집에 고추장 있어. 소주는 사야 해. 삼겹살은 없어. 삼겹살도 사야 해. 우리 소주 마시자."

"좋아."

두 사람이 빗속으로, 어둠 속으로 사라졌다. 명랑하게 사라졌다. 싸부딘과 깐쭈가 사라진 길 너머로 내가 지나온 길이 보였다. 그 길 너머 그 남자네 집이 보였다. 겨우 가라앉았던 심장이 다시 격렬하게 요동쳐 오기 시작했다. 나는 노래 불렀다.

사랑했나 봐 잊을 수 없나 봐 자꾸 생각나 견딜 수가 없어 후회하나 봐 널 기다리나 봐…….

나는 정미소를 나섰다. 나는 빗속에서 악을 썼다. 눈에서는 눈물이 쏟아졌다. 그러나 나는 노래 불렀다. 저기, 네팔의 설산* 에 떠오른 달이 보인다. 나는 달을 향해 나아갔다. 비를 맞으며 천천히, 뚜벅뚜벅, 명랑하게.

* 설산 눈이 쌓인 산.

## 활동

**1. 다음 빈칸을 채우면서 '나'와 '외국인 노동자'의 삶을 정리해 보고, 작가는 이 두 삶의 연결을 통해 무엇을 보여 주려고 한 것인지 파악해 봅시다.**

| '나'의 이야기 | '외국인 노동자들'의 이야기 |
| --- | --- |
| • □□에 걸린 어머니를 부양함.<br>• 좋지 않은 □□ 환경:<br>이혼한 언니, 연대 보증을 서서<br>신용 불량자가 된 오빠들.<br>• 도시에서 온 남자에게 □□당함. | • □□한 가족들의 삶.<br>• □□을 제대로 받지 못함.<br>• □□을 그리워함. |

↳ 힘겨운 삶을 '명랑하게' 견뎌 내는 사람들의 모습.
'노래'를 부르며 명랑하게 밤길을 걸음으로써 힘든 상황을
□□ 하려는 □□ 된 사람들의 모습.

**2. 다음 '명랑하다'의 사전적 의미와 소설의 결말을 관련지어 소설의 제목인 '명랑한 밤길'의 의미를 생각해 봅시다.**

**명랑하다**
1. 흐린 데 없이 밝고 환하다.
2. 유쾌하고 활발하다.

나는 정미소를 나섰다. 나는 빗속에서 악을 썼다. 눈에서는 눈물이 쏟아졌다. 그러나 나는 노래 불렀다. 저기, 네팔의 설산에 떠오른 달이 보인다. 나는 달을 향해 나아갔다. 비를 맞으며 천천히, 뚜벅뚜벅, 명랑하게.

3. 다음 괄호 안에 들어갈 알맞은 단어를 〈보기〉에서 찾아보고, 그 단어들을 활용하여 짧은 글을 지어 봅시다.

보기 ▶ 비척거리다 속수무책 의기투합 정미소 조소하다 호전 노지

( ): 손을 묶은 것처럼 어찌할 도리가 없어 꼼짝 못 함.

→

( ): 마음이나 뜻이 서로 맞음.

→

( ): 병의 증세가 나아짐.

→

( ): 몸을 한쪽으로 약간 비틀거리거나 가볍게 절룩거리며 계속 걷다.

→

( ): 쌀 찧는 일을 전문적으로 하는 곳.

→

( ): 지붕 따위로 덮거나 가리지 않은 땅.

→

( ): 흉을 보듯이 빈정거리거나 업신여기다. 또는 그렇게 웃다.

→

**4. 다음은 작품 속 외국인 노동자들이 나누는 대화의 한 장면입니다. 다문화 시대를 살아가는 우리는 어떤 태도를 지녀야 할지 이야기해 봅시다.**

"여동생이 한국 사람과 결혼했어. 시골이야. 동생이 남편한테 맞았어. 동생 많이 슬퍼. 형이 한국 여자랑 결혼했어. 형 여자 도망갔어. 조카 있어. 형이랑 조카 많이 슬퍼. 부모님 돌아가셨어. 우리나라, 방글라데시 가도 나는 아무도 없어. 한국에 다 있어. 난 갈 수 없어. 형 다쳤어. 손가락 잘렸어. 조카 살려야 해."

"싸부딘, 난 한국에서 슬플 때 노래했어. 한국 발라드야. 사장이 막 욕해. 나 여기, 심장 막 뛰어. 손가락 막 떨려. 눈물 막 흘러. 그럼 노래했어. 사랑 못 했어. 억울했어. 그러면 또 노래했어. 그러면 잠이 왔어. 그러면 꿈속에서 달을 봤어, 크고 아름다운 네팔 달이야."

# 뉴욕제과점

김연수

金衍洙(1970~ ) 소설가.
경북 김천에서 태어나 성균관대 영문과를 졸업했다. 1993년 『작가세계』에 시로 데뷔하고, 이듬해 『작가세계』 신인문학상에 장편소설 『가면을 가리키며 걷기』가 당선되면서 소설을 쓰기 시작했다. 소설집 『스무 살』 『내가 아직 아이였을 때』 『나는 유령작가입니다』 『세계의 끝 여자친구』 『이토록 평범한 미래』, 장편소설 『7번 국도』 『꾿빠이, 이상』 『사랑이라니, 선영아』 『네가 누구든 얼마나 외롭든』 『밤은 노래한다』 『일곱 해의 마지막』 등이 있다. 동서문학상, 동인문학상, 대산문학상, 황순원문학상, 이상문학상을 수상했다.

## 들어가며

'나를 이루는 것들은 무엇인가?' '사람은 무엇으로 사는가?' '과연 변하지 않는 것이 있을까?' 이런 질문을 던져 본 적이 있나요? 아무리 생각해도 정답을 알 수 없어 시간만 허비했다는 반성을 적으며 일기장을 덮은 적이 있나요? 산다는 건 어떤 의미가 있는 일인지 도무지 알기가 어렵습니다.

임종을 앞둔 노인에게 무엇을 위해 지문이 닳도록 이렇게까지 열심히 살았느냐고 물었더니, '무엇을 위해 산 건 모르겠고, 그냥 하루하루 살다보께 이만큼 살았지.'라는 대답이 돌아옵니다. 우문현답, 어리석은 질문에 대한 현명한 대답입니다. 목표는 미래의 것인데, 오지도 않은 시간을 당겨서 현재를 산다는 건 모순이니까요. 산다는 것이 오늘 하루를 견디는 것이라면, 삶을 살게 하는 에너지는 과연 어디로부터 올까요?

김연수의 자전적 소설집 『내가 아직 아이였을 때』에 실린 아홉 편의 연작소설, 그중에서 특히 「뉴욕제과점」을 읽으면 그 답을 들을 수 있습니다. 세상을 살아가는 데 필요한 조금의 불빛은 지나온 삶의 날들에서 나오는 것임을 말입니다. 작가는 그립거나 정든 것들이 눈에 보이지 않는다고 해서 사라진 것은 아니라고 말합니다. 누군가의 마음 안에 존재하며 그의 삶을 밝히는 불빛으로 남을 수 있으니까요. 비록 눈으로는 볼 수 없어도, 내 안에 고스란히 존재하는 큰 불빛이 떠오르는 시간입니다.

## 1

나는 이 소설만은 연필로 쓰기로 결심했다. 왜 그런 결심을 하게 됐는지 모르겠다. 그냥 그래야만 할 것 같았다. 그러고 보니 연필로 소설을 쓴 것도 꽤 오래전의 일이다.

오래전의 일로부터 이 소설은 시작한다.

아직도 나는 뉴욕제과점이 언제 문을 열었는지 정확하게 알지 못한다. 내가 태어났을 때, 거기 뉴욕제과점은 있었다. 어렸을 때, 어머니에게 이렇게 물은 적이 있었다.

"엄마는 언제부터 장사를 시작했어요?"

겨울이면 늘 코를 흘리고 다녀 소매 끝이 반질반질하던 초등학생 시절이었다.

"니가 태어나기도 한참 전에 시작했지."

뉴욕제과점 난로 옆에 앉아 텔레비전 화면과 뜨개질바늘을 거의 동시에 바라보며 어머니가 말했다. 그즈음 우리 형제는 부쩍 자라고 있었다. 추석도 지나가 손님이 뜸해지는 가을부터 초

겨울까지 어머니는 난로 옆자리에 방석을 깔고 앉아서는 잘 입지 않는 스웨터를 풀어 새 스웨터를 짰다. 어머니가 스웨터를 짤 즈음부터 우리는 모두 크리스마스 대목*이 찾아오기를 간절히 기다리기 시작했다.

어머니도 그게 언제인지 정확하게 몰랐거나, 어머니는 말했는데 내가 너무 어렸던 탓으로 듣고는 잊어버렸던 모양이다. 좀 시간이 흐른 뒤에는 그런 일들이 더 이상 궁금하지 않았다. 내 문제만으로도 정신이 없었다. 뉴욕제과점은 내가 태어나기 전부터 거기에 있었으니까 죽은 뒤에도 거기에 있을 것이라고 쉽게 생각했던 것 같다. 물론 인생은 그런 게 아니다.

이 글을 쓰느라 다시 곰곰이 생각해 보니, 언젠가 어머니가 가게를 보느라 제과점 뒤에 딸린 골방*에 갓난 누나를 혼자 내버려 둔 적이 많았는데 그게 내내 미안했다고 말한 게 떠올랐다. 내가 태어났을 때 그런 방은 없었다.

"어디에 그런 방이 있었어요?"

난로에 언 발을 녹이고 있었거나 제과점 문을 들락거리면서 물었을 테다.

* 대목 설이나 추석 따위의 명절을 앞두고 경기(景氣)가 가장 활발한 시기.
* 골방 큰방의 뒤쪽에 딸린 작은방.

"저기 수족관 있는 데까지가 방이었어. 그때는 집이 없어 갖꼬 한방에서 다 그래 잠도 자고 밥도 먹고 그랬거든. 호호호."

다행히 내가 태어났을 때만 해도 우리에게는 따로 살림집이 있었다. 그러니까 나만 빼놓고 우리 형제는 모두 뉴욕제과점에서 태어난 셈이다. 단팥빵이나 크림빵처럼. 미운 오리 새끼도 아니고 형제간에 그런 식으로 차이가 나다니 별로 기분 좋은 일은 아니다. 누나는 1965년생이다. 그렇다면 뉴욕제과점이 문을 연 것은 1965년 이전의 일이 되는 셈이다. 월남 파병*이 결정되고 이승만이 하와이에서 죽고 대학생들의 반대 속에 한일협정*이 조인될 무렵이었다. 그 모든 일들이 내가 태어나기도 전에 다 일어났다. 그렇게 오래전부터 뉴욕제과점은 거기에 있었다. 나는 뉴욕제과점에서 태어나지도 않았는데, 사람들은 나를 뉴욕제과점 막내아들이라고 불렀다.

서울에서 우연히 고향 사람들을 만날 때면 지금도 간혹 뉴욕제과점 얘기가 나온다. 모두들 나보다 먼저 태어난 사람들이다. 역전*에 있었다고 하면 대부분 기억해 낸다.

"어머, 여고 시절에 거기서 미팅을 자주 했는데……."

* 월남 파병 박정희 정부 때인 1964~1966년 베트남 전쟁에 대한민국 국군 부대를 파견한 일.
* 한일협정 한일 기본 조약. 1965년에 한국과 일본이 두 나라 사이의 일반적 국교 관계를 규정한 조약. 일본의 한국에 대한 역사적 식민 통치 관계를 청산하고 국교를 정상화하기 위한 것이다.
* 역전(驛前) 역의 앞쪽.

언젠가 인사동 술집 울력에서 만난 한 시인이 내게 이렇게 말했던 것 같다. 그날 나는 술이 많이 취해 있었다. 나는 이렇게 얘기했으리라.

"이젠 더 이상 제과점을 하지 않아요."

뉴욕제과점을 기억하는 고향 사람들에게 내가 늘 하던 말이다. 하지만 사람들이 내 말에 놀라거나 충격받는 경우는 거의 없다. 여학생 시절에 미팅까지 했던 곳이라면, 그리고 이제 더 이상 그런 곳이 이 세상에 존재하지 않는다면, 그게 어째서 놀라거나 충격받을 만한 일이 아닐까? 나는 가끔 멍청한 표정으로 이런 생각에 잠겨 한참 고향 얘기에 열을 올리는 상대방을 당황하게 만들기도 한다. 고향 사람들과 얘기할 때, 나는 곧잘 문맥을 놓친다.

나는 뉴욕제과점이 있었던 그 거리에서 사라진 상점을 모두 기억하고 있다. 상점과 함께 동네를 떠나 버린 사람들도 모두 기억하고 있다. 나란 존재는 그 거리에서 배운 것들과 그 거리 밖에서 배운 것들로 이뤄진 어떤 것이다. 물론 그 거리에서 배운 것이 압도적으로 많다. 내 몸 안에는 내가 어려서 본 상인들의 세계가 아직도 생생하게 남아 있다. 저마다 내걸었던 양철 간판이나 형광등 간판이 어제 본 것처럼 또렷하다. 그 거리는 이제 이 세상에 존재하지 않는다. 지금 고향에 있는 거리는 예전에 내가 살았던 곳이 아니다. 어떤 의미에서 나는 실향민*이나 마찬가지다. 지물포*와 철물상과 목재상과 신발 가게와 중국집과 금은방과 전당포와 양복점과 대폿집과 명찰 가게와 다방 재료상과 전업사*와 저울 가게와 하숙집과 대서방*과 도장 가게가 있던 내 고향은 영원히 사라졌다. 개발은 그 모든 작은 상점을 없애 버렸다. 대단히 쓸쓸한 일이다. 죽음을 앞두면 자신의 삶을 처음부터 끝까지 다시 되돌아볼 기회가 찾아온다고 말하는 사람도 있던데, 만약 그게 사실이라면 나는 다른 시절에 할애된 시간을 줄여서라도 어렸던 그 시절 그 거리를 오랫동안 공들여 천천히 다시 걷고 싶다. 하지만 다른 사람들은 나와는 생각이 많이 다른 모양이었다. 대놓고 물어보진 않았지만, 뉴욕제과점은 그저 학창 시절에 미팅을 했던 장소 정도라 죽는 마당에 다시 가 보고 싶은 마음은 전혀 없는 것 같았다. 그들로서는 당연한 마음이겠지만, 나는 그런 사람들이 좀 야속하다.

뉴욕제과점이 언제 문을 열었는지 나는 모르지만, 언제 문을 닫았는지는 안다. 내가 태어나기 오래전부터 존재했던 고향 거리의 수많은 상점들처럼 뉴욕제과점은 새롭게 바뀐 환경에 적응하지 못하고 1995년 8월 결국 문을 닫았다. 어차피 인생은 그

* 실향민 고향을 잃고 타향에서 지내는 사람.
* 지물포 온갖 종이를 파는 가게.
* 전업사 여러 가지 전기 기구 따위를 팔거나, 전기 가설에 관한 일을 해 주는 가게.
* 대서방 남을 대신하여 관청 행정이나 법률 행위에 필요한 서류를 작성해 주는 일을 영업으로 하는 곳.

런 것이니까 이걸 비관적으로 생각해서는 안 된다,고 몇 번이나 다짐했다. 나보다 먼저 세상에 온 것들은 대개 나보다 먼저 이 세상에서 사라진다. 정상적인 세상에서 정상적으로 일어나는 정상적인 일이다. 그러니까 뉴욕제과점이 이 세상에서 영영 사라지는 일도 그와 마찬가지다.

하지만 과연 그런 것일까? 그저 사라져 버리면 그만일까?

나는 1994년 5월 26일자 새김천신문을 아직도 보관하고 있다. 거기에 다음과 같이 시작하는 기사가 실렸다.

'김천 출생의 김연수 군(24세)이 시와 소설로 각각 등단한 것이 뒤늦게 밝혀졌다.'

나도 기자 생활을 해 봤으니 이제는 이게 얼마나 멋진 도입부인지 잘 안다. 뭔가 흥미진진한 내력이 숨어 있을 것만 같다. 하지만 기사는 왜 내 등단 사실이 '뒤늦게' 밝혀져야만 했는지 아무런 정보도 주지 않는다. 그저 '뒤늦게' 전해 들은 것뿐이다. 그 사실을 '뒤늦게' 전한 사람은 아버지였다. 아버지는 기사 중 다음 구절에 노란 형광펜으로 줄을 그었다.

'역전 파출소 옆 뉴욕제과점이 집이기도 한 작가 김연수 군은…….'

아버지는 가끔 그렇게 형광펜으로 줄을 그은 신문 기사를 편지봉투에 넣어 보내오곤 했다. 언젠가는 편지봉투를 뜯어 보니 조선일보 기사가 나왔다. 그때까지 나는 조선일보와 인터뷰를 하거나 조선일보에 글을 실은 적이 없었다. 펼쳐 보니 아쿠타가와상*을 수상한 유미리에 관한 기사였다. 아버지는 유미리라는 이름에, 그리고 '방황과 절망이 빚어낸 문학성'이라는 홍사중 씨의 칼럼* 제목에 각각 붉은 형광펜 칠을 해 놓았다. 동봉한* 편지에 아버지는, '나는 너를 믿는다. 네 소신껏 희망을 갖고 밀고 나가거라. 어짜피 人生이란 그런 것이 아니겠냐.'라고 써 놓은 뒤, '아니겠냐'의 '겠'과 '냐' 사이에 '∨ 자'를 그려 놓고 '느'를 부기했다.* 그 편지를 읽을 때마다 나는 '아니겠냐'라고 쓴 뒤에 그게 마음에 들지 않아 중간에 '느' 자를 삽입하는 아버지의 모습을 떠올린다. 아이가 생긴 뒤에야 나는 그게 얼마나 숭고한 일인지 알게 됐다.

인터뷰는 뉴욕제과점 수족관 뒤 어두운 자리에서 이뤄졌다. 갓난아기였던 누나가 혼자 울음을 터뜨렸던 곳이기도 하고 인사동에서 만난 시인이 미팅을 한 자리이기도 했다. 그 자리는 무슨 까닭인지 남들 모르게 은밀히 빵을 먹으려는 사람들을 위한 곳이었다. 지금은 제과점에 이런 공간이 필요 없지만, 그때는 일반적이었다. 그 자리에 앉아 새김천신문에서 나온 사람

* 아쿠타가와상 일본의 소설가 아쿠타가와 류노스케(芥川龍之介, 1892~1927)의 업적을 기려 제정한 문학상. 정식 명칭은 아쿠타가와 류노스케상.
* 칼럼 신문, 잡지 등에서 시사, 사회, 풍속 등을 짧게 평하는 기사 혹은 난(欄)을 가리키는 말.
* 동봉하다 두 가지 이상을 같은 곳에 넣거나 싸서 봉하다.
* 부기하다 덧붙이어 적다.

과 오랫동안 얘기를 나눴다. 그 사람은 내 등단 소설의 모더니즘 기법이 대단히 훌륭하다며 나를 추어올렸다.* 대단히 훌륭하다니. 아마도 내 소설을 안 읽었던 모양이다. 나보다 스무 살 정도는 더 많아 보이는 그 사람 앞에서 나는 마늘을 다지듯이 '모더니즘이 아니라 포스트모더니즘'이라고 바로잡았다. 그 사람은 내 말을 받아 적었다. 우리 사이에는 어머니가 고른 단팥빵과 크림빵과 곰보빵이 은빛 쟁반에 놓여 있었다. 내가 좋아하는 빵들이었다.

나중에 나는 이 일을 두고두고 후회했다. 인생은 그런 게 아니었다. 점점 자기 그림자 쪽으로 퇴락해 가는 뉴욕제과점 구석 자리에서 나이가 스무 살 정도는 더 많은 사람을 앞에 두고 앉아 '모더니즘이 아니라 포스트모더니즘'이라고 바로잡는, 그런 게 아니었다. 내가 자라는 만큼 이 세상 어딘가에는 허물어지는 게 있다는 사실을 깨닫는 게 바로 인생의 본뜻이었다. 아이가 자라나 어른이 되는 정도의 시간이면 충분했다. 그사이에 아무리 단단한 것이라도, 제아무리 견고한 것이거나 무거운 것이라도 모두 부서지거나 녹아내리거나 혹은 산산이 흩어진다. 그럴 때마다 내 안에서는 부식된* 철판에서 녹이 떨어져 나가

* 추어올리다 실제보다 과장되게 칭찬하다.
* 부식되다 쇠붙이가 산화하여 녹슬다.

듯이 검고 붉은 부스러기 같은 것들이 죽어서 떨어져 나갔다. 밀려드는 파도에 모래톱이 쓸려 나가듯이 자잘한 빛들이 마지막으로 반짝이면서 어둠 속으로 영영 사라졌다. 내가 태어나 어른이 되는 그 짧은 시간 동안에 말이다. 그런 줄도 모르고 '모더니즘이 아니라 포스트모더니즘' 운운하는 바보 같은 말을 서슴없이 내뱉던 때였으니까, 나중에 신문을 받아 들고는 무슨 신문기사에 '역전 파출소 옆 뉴욕제과점이 집이기도 한 작가' 같은 표현이 다 실릴 수 있을까, 하고 생각한 것은 당연했다. 하지만 그렇지 않다면 나는 또 누구란 말인가? 지금은 경기도에 사니까, 또 뉴욕제과점은 더 이상 존재하지 않으니까 누군가를 만나 나를 소개할 때면 "소설을 쓰는 아무개입니다."라고 말하지만, 아직도 고향에서 나는 '역전 뉴욕제과점 막내아들'로 통한다. 이제는 죽어서 떨어져 나간, 그 흔적도 존재하지 않는 자잘한 빛, 그 부스러기 같은 것이 아직도 나를 규정한다는 사실은 놀랍기만 하다. 눈에 보이지 않는다고 해서 사라졌다는 말은 아니다.

예나 지금이나 내가 뉴욕제과점 막내아들이었다는 사실을 알게 됐을 때, 사람들의 반응은 늘 똑같다. 다들 "빵 하나는 엄청나게 먹었겠구만."이라고 말한다. 그 부러워하는 표정을 볼 때만은 재벌 2세도 마다할 만하다. 우리 어렸을 때만 해도 빵의 지위는 그처럼 높았다. 덩달아 제과점 막내아들의 지위도 지금의 소설가 못잖았다. 당연하게도 나는 지금까지 살아오면서 다른 어떤 사람보다 더 많은 빵을 먹었다. 거의 매일같이 빵을 먹었다. 그러다 보면 한 가지 깨닫는 게 생긴다. 생과자나 햄버거나 롤케이크처럼 비싼 빵은 매일 먹는 게 사실상 불가능하다는 점이다. 매일 먹을 수 있는 빵은 몇 가지 되지 않는다. 단팥빵, 크림빵, 곰보빵, 찹쌀떡, 도넛, 우유식빵 같은 제과점의 기본적인 빵에만 질리지 않을 수 있다. 아마도 짜장면과 짬뽕을 가장 즐겨 먹는 중국집 아이가 있다면 내 말이 무슨 뜻인지 이해할 것이다. 죽기 직전, 어렸을 때의 그 거리를 다시 한번 걸어갈 일이 생긴다면 내 손에는 단팥빵과 크림빵과 곰보빵과 찹쌀떡과 도넛과 우유식빵이 들려 있을 것이다.

하지만 처음부터 빵을 그렇게 마음대로 먹을 수 있었던 것은 아니었다. 나는 뉴욕제과점에서 빵을 훔쳐 먹은 경험도 있다. 남들 듣기에는 버스 차장이 무임승차해 본 적이 있다고 말하는 것이나 마찬가지니 고해소*에 들어가 고백한다고 해도 그다지 설득력이 없는 얘기다. 하지만 사실은 사실이다. 어머니가 보지 않을 때, 빵을 집어서 도망쳤다. 내게 잘해 주던 약국 형제가 있었는데, 그 형제에게 빵을 대접하고 싶었던 것이다. 아직 초등학교에도 들어가기 전이었으니 어머니는 막 사십 대에 접어들

* 고해소 세례받은 신자가 지은 죄를 고해 성사 때 고백하는 곳.

고 있었을 테다. 그때는 마음대로 빵을 먹지 못했다. 뉴욕제과점 막내아들이라는 호칭이 무색할* 정도였다.

"다른 사람도 아니고 아들 입으로 들어가는데, 그걸 못 먹게 해요?"

뉴욕제과점이 이 세상에서 영영 사라진 뒤에 내가 어머니에게 물은 적이 있었다.

"그때는 한 푼이라도 아쉬웠거든."

어머니가 말씀하셨다. 젊었을 때 어머니는 막내아들이 먹을 빵까지 팔아서 악착같이 돈을 만드셨다.

어쨌든 그 시절에는 일본말로 '기레빠시'라는 것을 먹었다. 우리말로 하자면 자투리, 부스러기 정도가 맞을 것이다. 신문지를 깐 큰 철판에 반죽을 채워 가스 오븐에 한참 구우면 철판 가득 카스텔라로 바뀌어 나온다. 때에 전 하얀 가운을 입은 제빵 기술자 형이 일하는 공장은 가스 오븐의 열기 때문에 늘 후끈거렸다. 공장 안에는 내 아름만큼이나 큰 대형 선풍기가 있었지만, 여름에는 뜨거운 바람만 토해 낼 뿐이었다. 기술자 형은 큰 배터리를 검정 테이프로 붙여 놓은 빨간색 트랜지스터라디오에서 흘러나오는 아침 방송을 들으며 가스 오븐에서 김이 모락모락 피어나는 카스텔라를 꺼내 밖으로 가져갔다. 잘 구워

* 무색하다 본래의 특색을 드러내지 못하고 보잘것없다.

진 카스텔라의 표면은 코팅을 한 듯 저절로 생긴 기하학적 무늬가 그려져 반질반질했다. 오븐에 들어가기 전의 반죽과 오븐에서 구워진 빵은 같은 물질이라고 볼 수 없을 정도였다. 빵이 구워지는 모습을 나는 몇 번 정도나 봤을까? 한 오백 번 정도 봤을까? 천 번 정도 봤을까? 하지만 볼 때마다 그건 기적과도 같았다. 그런 일이 사람에게도 가능하다면 나도 기꺼이 가스 오븐 안으로 들어가 뉴욕제과점 막내아들에서 미국 뉴욕의 실업가* 아들 정도로 다시 나왔을 텐데. 그런 멍청한 상상이 한참 깊어질 무렵이면 밖에 내놓은 카스텔라도 웬만큼 식기 때문에 기술자 형은 신문지를 잡고 철판 밖으로 카스텔라를 꺼내 날은 없지만 무척이나 긴 제빵용 칼로 포장하기에 알맞은 크기로 잘라냈다. 가장 먼저 위아래 좌우의, 조금 타서 딱딱한 부분부터 잘라냈다. 기레빠시는 이렇게 잘라 낸 빵을 뜻했다. 모양 때문에 잘라 냈지만, 가게에서 파는 카스텔라나 다름없기 때문에 그냥 버릴 수는 없는 노릇이었다. 그렇다고 다른 사람에게 주기에는 모양이 너무 안 좋았다. 결국 기레빠시는 우리 형제들 차지로 돌아왔다. 계란과 박력분*이 범벅이 된 기레빠시의 맛은 아직까지도 혀끝에 생생하게 남아 있다. 나는 단팥빵과 크림빵과 곰보빵과 찹쌀떡과 도넛과 우유식빵에는 질리지 않았지만, 이 기레

* 실업가 상공업이나 금융업 따위의 사업을 경영하는 사람.
* 박력분 무른밀로 만든 밀가루. 끈기가 적으며, 주로 비스킷이나 튀김을 만드는 데 쓰인다.

빠시에는 질려 버리고 말았다. 결국 우리 형제가 기레빠시에 손을 대지 않게 되자, 상하기 직전의 기레빠시는 집에서 키우던 강아지의 차지가 됐다. 강아지도 얼마간은 맛있게 먹었지만, 곧 기레빠시를 거들떠보지도 않게 됐다. 개들마저도 끝내는 알게 된다. 어차피 인생이란 그런 것이다. 과하면 질리게 된다.

한번은 친구들이 놀러 왔다가 개 밥그릇에 놓인 기레빠시를 보게 됐다.

"어, 저게 뭐라?"

눈이 휘둥그레진 아이들이 물었다.

"기레빠시라."

기레빠시가 빵이라고 생각해 본 적이 없었기 때문에 나는 무덤덤하게 대꾸했다.

"저거 카스텔라 아이가?"

"저거는 카스텔라가 아이고 기레빠시라 카는 거다. 카스텔라 부스러기다."

"부스러기는 카스텔라 아이가?"

며칠 뒤부터 학교에는 소문이 돌기 시작했다. 누구 집에서는 개도 카스텔라를 먹더라는 소문이었다. 지금도 그때의 초등학교 동기들을 만나면 이 얘기가 나온다. 지금도 나는 그게 카스텔라가 아니라 기레빠시라고 주장한다. 지금도 친구들은 그걸 카스텔라라고 기억한다. 뉴욕제과점에서는 개한테도 카스텔라를 먹였다,고 친구들은 회상한다. 어쩐지 풍요로웠던 한 시절이 이로써 끝나 버린 느낌이 든다.

2

서른이 넘어가면 누구나 그때까지도 자기 안에 남은 불빛이란 도대체 어떤 것인지 들여다보게 마련이고 어디서 그런 불빛이 자기 안으로 들어오게 됐는지 궁금해질 수밖에 없다. 자신이 어떤 사람인지 알고 싶다면 한때나마 자신을 밝혀 줬던 그 불빛이 과연 무엇으로 이뤄졌는지 알아야만 한다. 한때나마. 한때 반짝였다가 기레빠시마냥 누구도 거들떠보지 않게 된 불빛이나마. 이제는 이 세상 어디에서도 찾을 수 없는 불빛이나마.

내 마음을 풍요롭게 만든 것은 어디까지나 불빛들이었다. 추석 즈음 역전 근처 평화시장에 붐비던 노점상의 카바이드 불빛과 상점마다 물건을 쌓아 놓은 거리에 내걸었던 육십 촉 백열등의 그 오렌지 불빛들, 혹은 크리스마스 가까울 무렵이면 상점 진열장마다 서로의 빛 속으로 스며들며 반짝이던 울긋불긋한 불빛들이나 역전에 모여든 빈 택시들의 차폭등과 브레이크등이 내뿜던 붉은 불빛, 또 귀성 열차가 도착하기만을 손꼽아 기다리면서 운전사들이 피우던, 그만큼이나 붉었던 담배 불빛들. 그 가물거리는 것들. 내 기억 속에서 그 불빛들이 하나둘 켜지면 절로 행복한 마음에 젖어들게 된다. 어두운 역전 밤거리에 붐비던 그 불빛들은 따스했다. 우리가 지금 대목을 지나가고 있음을 알려 줬으니까. 사람들이 줄지어 선 서울역 광장이나 꼬리에 꼬리를 물고 빠져나가는 귀성 버스를 향해 손을 흔드는 구로공단 사람들의 모습을 담은, 저녁 거리를 향해 놓인 금성대리점의 컬러텔레비전. 대목 장사를 바라고 제과 회사나 양조 회사에서 공짜로 나눠 주는 조잡한 디자인의 포장지에 일률적으로 포장한 뒤 상점 앞에 산더미처럼 쌓아 놓은 종합 선물 세트, 혹은 경주법주나 백화수복 같은 것들. 서울이나 울산이나 대전이나 대구 같은 대도시 생활의 고단한 표정일랑 빈집에 남겨 두고 내려온 귀성객들이 홍조 띤 얼굴로 말끄러미 들여다보던 선물 세트 견본품 비닐 위에서 번득이던 백열등. 명절 특별 수송 기간을 맞이해 상점 진열창보다도 더 큰 널빤지에 만든 임시 시각표를 들고 와 대합실 입구 옆에다 세워 놓던 역 노무자들의 주름진 얼굴. 그 모든 광경은 여전히 내 마음속에서 반짝인다. 지금도 그때 일을 생각하면 풀풀풀 가슴 한켠에서 불빛이 날리듯 반짝인다.

또 이런 기억도 있다. 다락에는 낡은 옷가지를 넣어 두는, 종이로 만든 사각형 의류함이 있었다. 모두 두 개였는데, 그중 하나에 크리스마스 장식물 박스가 들어 있었다. 크리스마스가 다가오면 우리는 그 장식물 박스를 의류함에서 꺼냈다. 아버지가 미군 PX*를 통해 구입했다는 비싼 장식물들이 그 안에 가득했다. 색깔 공도 진짜 크리스털이었고 금은색 별도 대단히 정교했다. 아버지가 평소에는 살림집 이 층에서 키우던 어린 전나무를 가져오면 우리 형제는 그 나무에 둘러서서 먼저 꼬마전구를 두른 뒤에 색동 지팡이나 빨간 구두 같은 장식물과 형형색색으로 반짝이는 줄을 내걸었다. 크리스마스트리를 모두 꾸미고 나면 가게 군데군데 남은 색줄을 늘어뜨리고 크리스털 공을 매달았다. 난로 주위로 늘어진 줄들은 어린 스티븐슨이 증기기관의 원리를 발견할 때의 에피소드를 연상시키며 뜨거운 열기에 저 혼자서 흔들리곤 했다. 약국에서 탈지면을 사 와 눈처럼 만들어 창에다 붙이고 가게 문에다 'Merry Christmas'라는 글자와 천으로 만든 호랑가시나뭇잎과 종이로 만든 은종이 맵시 좋게 어울린 화환을 내걸면 크리스마스 준비는 모두 끝났다. 온갖 크리스마스 장식물로 꾸며진 뉴욕제과점은 가스 오븐에 들어갔다가 나온 카스텔라 같았다. 문을 열고 들어서면 가게 안의 모든 것들이 불빛을 반짝이느라 정신이 없었다. 어머니도, 우리도, 탁자도, 수족관도, 진열된 빵들도 모두 저마다 빛을 발했다. 크리스마스이브가 되면 거의 십 분에 한 번씩 케이크를 사러 오는 사람들이 있었으니까 빛을 발하는 것은 당연했다. 보통 때

* 피엑스(PX) 일상용품이나 음식물 따위를 면세 가격으로 파는, 군부대 기지 내의 매점.

는 하루에 서너 개, 많아야 대여섯 개 정도만 팔렸으니까 엄청 난 일이었다. 어머니는 삼백 개는 족히 넘을 만큼 케이크를 준비 했지만, 사람들에게 아직도 팔아야 할 케이크가 많다는 느낌을 주고 싶지는 않았던 모양이다. 가게에 조금만 갖다 놓고 팔리는 족족 우리가 옥상에서 케이크를 가져왔다. "5호 다섯 개하고 4호 세 개 가져와라."라고 외치던 어머니의 목소리에는 힘이 넘쳤다. 대목이 지나면 한동안 돈이 궁해질 수밖에 없었으니까 어찌 됐건 힘을 내야만 했다.

내게 보낸 편지에 '어짜피 人生이란 그런 것이 아니겠느냐.'라고 아버지는 쓰고 싶었던 모양이다. '아니겠냐'와 '아니겠느냐'가 어떻게 다른지 나는 아직도 모르고 있다. 세월이 흘러서 나도 내 아이에게 용기를 북돋아 주기 위한 편지를 쓸 때쯤이면 그 차이를 알게 될지도 모르겠다. 그때는 나도 왜 아이는 자라 어른이 되는지, 왜 세상의 모든 불빛은 결국 풀풀풀 반짝이면서 멀어지는지, 왜 모든 것은 기억 속에서만 영원한 것인지 깨닫게 될 것이다. 내 다음 아이들이 자라게 되면, 그 아이들이 어른이 되면. 그 정도의 짧은 시간만 흐르고 나면 나도 '아니겠냐'와 '아니겠느냐'의 차이를 알게 될 것이다. 그러니까 지금부터 하는 얘기는 짧았던 뉴욕제과점의 전성기가 끝난 뒤에 벌어진 일들이다. 내가 아이에서 등단 사실이 뒤늦게 알려진 청년이 되기까지 뉴욕제과점 그 빛이 내 마음속으로 들어오는 과정을 담은 얘기다.

"자, 어떤 걸로 사면 좋겠냐?"

아버지가 제과점용 진열장 카탈로그를 우리에게 보여 주면서 말했다. 코팅지로 만든 카탈로그에는 미끈하게 생긴 다양한 제과점용 진열장 사진이 인쇄돼 있었다. 그때까지 어머니는 나무 진열장을 사용하고 있었다. 백열등이라 빵이 탐스럽게 보이지 않는 데다가 접촉 부분이 닳은 나무문에서는 밀고 닫을 때마다 끽끽 비명 소리가 들렸다. 냉장 장치도 없어 더운 여름날이면 케이크를 냉장고에다 넣어 둬야 했고 제대로 닫히지 않는 문은 쥐들도 쉽게 열 수 있을 정도였다. 그런 형편이었으니 카탈로그에 실린 진열장은 어떤 것이라도 좋았다.

"이것도 괜찮고 저것도 좋고……."

아버지는 아마도 미리 가격과 쓰임새를 알아봐 구입할 모델을 점찍어 두고 있었을 것이다. 하지만 우리 형제는 하나같이 금빛, 은빛 불빛을 번득이는 최신형 진열장을 꼼꼼히 살폈다. 카탈로그에 실린 진열장은 정말 근사했다. 냉장 기능을 갖춘 데다가 잘못하면 불꽃이 튀는 플러그를 매번 꽂았다가 뽑았다 할 필요도 없이 스위치만 누르면 환한 불을 밝힐 수 있었으며 프레임을 철재로 만들어 나무 진열장에 길들여진 쥐들은 체력 단련을 새로 하지 않는 한, 침으로 수염을 적시며 하염없이 바라보고만 있을 게 틀림없었다. 아버지는 유선형으로 약간 경사가 진

케이크 진열장과 묵직해 보이는 원목 느낌의 빵 진열대를 구입하기로 결정했다. 그 김에 탁자와 의자도 바꾸기로 했으며 손으로 돌리던 빙수 기계도 자동형으로 교체했고 식빵 자르는 기계도 구입했다. 그러니까 제5공화국도 막바지로 치닫느라 그 조그만 도시에서도 국민본부*가 결성되는 등 사회가 어수선하던 무렵이었다.

내가 아는 한, 뉴욕제과점은 세 번에 걸쳐서 변화의 기회를 맞이했다. 처음 기회는 박정희가 죽고 난 뒤에 찾아왔다. 빵이라면 고급 생과자만을 생각하던 사람들도 그즈음부터 일상적으로 빵을 사 먹기 시작했다. 근검절약과 저축을 미덕으로 내세우던 시대가 지나가고 레포츠니 마이카니 하는 신조어와 함께 소비가 미덕인 시대가 찾아온 것이다. 내 마음속에 지금도 남은 불빛들은 모두 그즈음 뉴욕제과점 전성기 시절의 것들이다. 설날에는 선물용 롤케이크와 케이크를, 2월 밸런타인데이에는 초콜릿을, 3월 화이트데이에는 사탕 꾸러미를, 6월부터는 빙수를, 추석에는 다시 선물용 롤케이크와 케이크를, 입시 무렵에는 찹쌀떡을, 동지 무렵에는 단팥죽을, 크리스마스에는 케이크를 팔았다. 그 시절, 어머니는 그 대목들을 하나도 놓치지 않았다.

두 번째 기회는 제5공화국이 끝나 갈 때쯤 찾아왔다. 이제 뉴

* 국민본부 민주헌법쟁취 국민운동본부. 1987년 5월 27일 전두환 정권의 독재에 맞서 대통령 직선제로의 개헌 등을 위해 정치인과 시민단체, 학생운동권, 종교계 인사 등이 모여 조직한 전 국민적인 사회운동 단체.

욕제과점에서 대목 장사의 몫은 점점 줄어들기 시작했다. 손님들은 최신식 인테리어를 갖춘 제과점을 선호하기 시작했고 바게트, 피자빵, 야채빵 등 서울에서 전해 온 새로운 종류의 빵을 찾기 시작했다. 기술자 형은 『월간 베이커리』에 실린 조리법을 한참 들여다보기도 하고 시내의 다른 기술자나 대구의 기술자들에게 직접 배우기도 하더니 피자빵, 야채빵, 밤빵, 옥수수식빵 따위의 새 메뉴를 만들어 냈다. 하지만 바게트만은 끝내 만들지 못했다. 조리법대로 만들긴 했는데, 바게트 특유의 바싹바싹하고 질긴 느낌이 나지 않아서 결국 포기하고 말았다. 그렇긴 해도 뉴욕제과점은 나름대로 성실하게 두 번째 기회를 맞이할 준비를 마친 셈이었다.

그러나 뉴욕제과점은 그 두 번째 기회를 첫 번째 기회만큼 제대로 맞이하지 못했다. 바게트를 만들지 못해서도 아니었고 대목이 사라졌기 때문도 아니었다. 사실상 뉴욕제과점을 이끌었던 어머니가 자궁암 판정을 받고 병원에 입원했기 때문이었다. 나는 가족 중 누구에게서도 수술의 성공 확률에 대해 들어본 적이 없었다. 왜 그런지 그때의 기억은 제대로 남아 있지 않다. 스스로 지워 버린 것일까, 아니면 기억에 남겨 둘 만큼 심각한 일이 아니라고 생각했던 것일까? 그저 학교와 집만 오간 것은 아닐까 하고 추측할 뿐이다. 가게는 누나가 지켰으며 아버지는 수술을 앞둔 어머니가 있는 대구 병원에 내려가 있었다. 가끔 휴일이면 누나를 대신해 혼자서 뉴욕제과점을 볼 때도 있었다. 나는 빵 가격을 제대로 알지 못했기 때문에 내키는 대로 빵을 팔곤 했다. 끝내 팔기 곤란하다는 생각이 들면 저는 잘 모르니까 나중에 어머니 있을 때 사세요,라고 말하며 손님을 돌려보냈다. 하지만 어머니가 다시 올지 안 올지 나로서는 알 수 없었다. 어머니는 거의 혼자서 뉴욕제과점을 지켜 왔다. 어머니가 없는 뉴욕제과점이라는 게 도대체 무슨 의미가 있는지 알 수 없었다. 새 진열장과 기계를 갖춘 뉴욕제과점은, 그러나 금방이라도 무너져 내릴 듯 음산해졌다.* 공정하게 한가운데를 달린다고 했을 때, 예감은 좋은 일과 나쁜 일 중 나쁜 일 쪽으로 곧잘 쓰러지곤 했다. 추억이 곧잘 좋은 일 쪽으로만 내달리는 것과는 참 다르다. 많이 다르다.

그러므로 삶이란 추억으로만 얘기하는 게 좋겠다. 어찌 된 일인지 기억나는 것은 대구역에 도착해 이모들과 함께 올라탄 택시에서 들리던 라디오 방송이다. 남녀가 나와 만담하듯 한없이 이런저런 얘기를 나누면서 오후의 한가한 시간을 메우는, 그런 종류의 프로그램이었다. 동성로니 서문시장이니 하는 대구의 지명도 기억이 난다. 이모들은 집안 얘기를 하고 있었던 것 같다. 모르겠다. 아무런 얘기도 하지 않았던 것인지도. 나는 낯

* 음산하다 분위기 따위가 을씨년스럽고 썰렁하다.

선 대구 시내를 바라보며 자꾸만 지직거리던 라디오 방송에 귀를 기울이고 있었다. 요새도 나는 한가한 오후에 만담식 라디오 프로그램을 틀어 놓은 택시를 타고 낯선 동네를 지나갈 때면 그때 생각을 한다. 이 현실에서 다른 현실로 빠져들어 가는 터널을 지나가는 듯한 느낌이 든다. 병원에 갔더니 어머니는 파리한 얼굴로 누워 있었다. 나는 이모들이 내미는 쌕쌕인가 봉봉인가 하는 음료수를 마셨고 이내 병원에서 나와 복도를 걸었다. 병원의 복도는 베이지색이었지만 그늘진 곳은 밤색에 가까웠다. 복도의 끝에는 중정(中庭)*으로 나가는 나무문이 있었다. 뉴욕제과점보다도 더 오래전에 지어진 병원이었다. 나는 한참 동안이나 뜰에 심어 놓은 나무와 풀 같은 것들을 바라보면서 서 있었다. 햇살을 받고 서 있었는지, 바람은 불어왔는지 아무런 기억이 없다. 다만 그 나무와 풀 같은 것들을 예전과 마찬가지로 바라볼 수 있게 됐다는 사실이 고마울 뿐이었다는 기억밖에. 그러니까 어머니는 혼자서 위험한 고비를 넘어온 것이다. 추석이나 크리스마스 대목을 넘어가듯이 말이다.

그렇게 해서 나는 뉴욕제과점 막내아들로 남을 수 있게 됐다.

* 중정 집 안의 건물과 건물 사이에 있는 마당.

3

몇 해 전까지만 해도 나는 여름이면 빙수를 직접 만들어 먹었다. 제과점에서 빵은 잘 사 먹는 편인데 빙수만은 절대로 사 먹지 않는다. 빙수의 생명은 팥소에 있는데, 요즘에는 이 팥소를 직접 만드는 집이 없기 때문이다. 빙수는 곱게 간 얼음에 팥소만 끼얹어서 먹는 게 가장 맛있다. 그래서 빙수 하면 첫 번째가 팥소 맛이고 두 번째가 정말 눈처럼 얼음을 잘게 갈 수 있는 빙수 기계의 칼날 맛이다. 여름이면 나도 가게에서 빙수를 꽤나 많이 팔았다. 가장 기록적인 날은 1994년 여름 방학 때 찾아왔다. 그러니까 내가 시와 소설로 등단했다는 사실이 '뒤늦게' 고향에 알려진 바로 그해다. 그 여름은 꽤나 무더웠던 모양이다. 매일 빙수 파는 양이 늘어나더니 어느 날은 결산해 보니 134그릇이나 판 것으로 나왔다. 그 사실을 알고 내가 얼마나 흥분했는지 모른다. 당장이라도 어머니에게 자랑하고 싶었지만, 그해 여름에도 어머니는 연례행사처럼 병원에 입원 중이었다. 나는 나중에 어머니가 퇴원하면 자랑하려고 그 숫자를 암기했다. 134그릇. 정말 대단한 숫자였다.

"그래, 많이 팔았네."

며칠 뒤, 대구의 병원으로 내려간 내가 숫자를 말하자 어머니가 누워서 피식 웃었다.

"이제까지 하루 동안 빙수 판 것 중에서 제일 많이 판 거 아니에요?"

"그거보다는 내가 더 많이 팔았지."

"몇 그릇이나 팔았는데요?"

"옛날에는 얼마나 많이 팔았다구. 여름에 빙수 팔아 가지고 가을에 너희들 학교도 보내고 옷도 사 입히고 그랬으니까 얼마나 많이 팔아야 됐겠냐?"

나는 보호자용 침대에 앉아 떨어지는 링거 방울을 바라보고 있었다.

"엄마, 이제 가게 그만해요."

"니가 아직 대학교도 졸업하지 못했는데, 가게 그만두면 니 등록금은 어떻게 마련하냐?"

"내가 글 써서 벌면 되지."

"하이구, 돈 버는 게 그렇게 쉬운 줄 아나? 형하고 누나도 대학교 등록금은 내가 벌어서 댔으니까 너도 학비는 대 줄게. 그 다음부터는 니가 벌어서 살아라."

어머니가 웃으며 말했다. 수술을 받은 뒤로 어머니는 사소한 일에도 웃음을 터뜨렸다. 내가 어머니에게서 받은 것들 중에서 제일 훌륭한 것은 대학교 등록금이 아니라 그 웃음이라고 말하면 어머니는 서운해할까? 결국 나는 대학교를 졸업할 때까지 어머니에게서 등록금을 받아야만 했다. 그리고 그다음부터 정말 어머니는 돈을 주지 않았다. 대학 졸업 뒤, 한 해 동안 나는 여기저기 굉장히 많은 글을 썼는데, 번 돈이 전성기 때 뉴욕제과점 대목 장사는커녕 며칠 번 돈만큼도 되지 않았다. 갑자기 겁이 덜컥 났다.

내가 아는 한 마지막 기회가 뉴욕제과점에 찾아왔다. 김영삼 대통령이 세계화를 주창할* 때만 해도 그게 무슨 소리인지 알 수 없었는데, 파리크라상이나 크라운베이커리 같은 대기업에서 운영하는 빵집이 그 작은 도시에도 생기고 나서야 우리는 그게 무슨 뜻인지 알 수 있었다. 내가 봐도 그런 가게에서 파는 빵과 비교해 뉴욕제과점의 빵은 형편없었다. 뉴욕제과점과 함께 빵 장사를 시작했던 다른 가게들이 하나둘 파리크라상이나 크라운베이커리 같은 가게로 바뀌거나 업종을 전환했다. 그러나 뉴욕제과점은 꿋꿋하게 1980년대풍으로 그 자리를 지켰다. 이젠 더 이상 새롭게 바뀔 만한 능력이 없었기 때문이었다. 뉴욕제과점은 우리 삼 남매가 아이에서 어른으로 자라는 동안 필요한 돈과 어머니 수술비와 병원비와 약값만을 만들어 내고는 그 생명을 마감할 처지에 이르렀다. 어머니는 며칠에 한 번씩, 팔지 못해서 상한 빵들을 검은색 비닐 봉투에 넣어 쓰레기와 함께 내다 버리고는 했다. 예전에는 막내아들에게도 빵을 주지 않던 분이었는데, 기레빠시도 버리지 않고 다 먹었던 분이었는데. 그 모습을 바라보는 심정은 매우 처참했다. 어차피 인생은 그런 것

* 주창하다 주의나 사상을 앞장서서 주장하다.

이었던가? 어머니의 자존심은 빵을 팔지 못해서 버린다는 사실을 남들이 눈치채지 못하도록 비닐 봉투에 꽁꽁 묶어서 버리는 정도로만 남아 있었다. 그나마도 집 잃은 고양이들이 빵 냄새를 맡고 쓰레기봉투를 죄다 뒤져 놓아 청소차가 다니는 새벽이면 가게 앞 거리에 빵 봉지가 난무했기 때문에 눈치채지 못할 사람이 없었다.

그래도 어머니는 가게를 그만두겠다는 말만은 하지 않았다. 그저 내게 말한 것처럼 어느 해 여름에는 빙수를 얼마나 많이 팔았었는지, 어느 해 크리스마스에는 케이크를 얼마나 많이 팔았었는지, 어떤 기술자가 얼마나 속을 썩였는지 그런 말씀뿐이었다. 하지만 시간이 흐를수록 어머니도 당신이 문을 연 뉴욕제과점이 이제 그 생명을 다했다는 사실을 납득하는 것 같았다. 그런 사실을 납득한다는 건 과연 어떤 기분일까? 나로서는 상상이 가질 않는다.

대학을 졸업한 그해, 처음으로 돈을 벌기 위해 아등바등 애를 쓰던 어느 날 고향에서 전화가 왔다. 뉴욕제과점을 다른 사람에게 팔았다는 소식이었다. 새로 인수한 사람은 그 자리에 기차 승객들을 상대로 한 24시간 국밥집을 차린다고 했다. 나는 잘됐다고 말했다. 뉴욕제과점이 문을 열 때도 나는 거기에 없었는데, 문을 닫을 때도 그 광경을 보지 못했다. 나는 국밥집이 된 뉴욕제과점 자리를 상상해 봤다. 잘 상상이 되지 않았다. 이제 이 세상 어디에도 뉴욕제과점은 없다고 생각하니 조금 쓸쓸한 기분이 들었다. 하지만 그렇게 심각하게 생각하지는 않았다. 역시 그 당시 내가 처한 문제만으로도 걱정할 일은 많았기 때문이다. 그 얼마 뒤, 살던 집마저도 역전에서 시 외곽으로 이사했다. 가끔 고향에 내려가면 도무지 내가 살던 동네가 아닌 것만 같다. 나는 이제 기차에서 내리면 곧장 택시를 잡아타고 예전에 논이 펼쳐졌던 자리에 새로 건설된 아파트촌으로 직행한다. 24시간 국밥집으로 바뀐 뒤로 뉴욕제과점이 있던 곳으로는 한 번도 가지 않았다.

어느 날인가 나는 문득 이제 내가 살아갈 세상에는 괴로운 일만 남았다는 생각을 하게 됐다. 앞으로 살아갈 세상에는 늘 누군가 내가 알던 사람이 죽을 것이고 내가 알던 거리가 바뀔 것이고 내가 소중하게 여겼던 것들이 떠나 버릴 것이기 때문이다. 단 한 번도 그런 생각을 해 본 적이 없었는데, 문득 그런 두려움에 사로잡혔다. 그러면서 자꾸만 내 안에 간직한 불빛들을 하나둘 꺼내 보는 일이 잦다는 사실을 깨닫게 됐다. 사탕을 넣어 둔 유리 항아리 뚜껑을 자꾸만 열어 대는 아이처럼 나는 빤히 보이는 그 불빛들이 그리워 자꾸만 과거 속으로 내달았다. 추억 속에서 조금씩 밝혀지는 그 불빛들의 중심에는 뉴욕제과점이 늘 존재한다. 내가 태어나서 자라고 어른이 되는 동안, 뉴욕제과점이 있었다는 사실이 내게는 얼마나 큰 도움이 됐는지 모른다. 그리고 이제는 뉴욕제과점이 내게 만들어 준 추억으로 나는 살아가는 셈이다. 이 세상에 존재하지 않는 뭔가가 나를 살아가게 한다니 놀라운 일이었다. 그다음에 나는 깨달았나. 이제 내가 살아갈 세상에 괴로운 일만 남은 것은 아니라는 사실을. 나도 누군가에게 내가 없어진 뒤에도 오랫동안 위안이 되는 사람으로 남을 수 있게 되리라는 것을 알게 됐다. 삶에서 시간이 아무런 의미가 없다는 사실을, 그저 보이는 것만이 전부는 아니라는 사실을, 이 세상에서 사라졌다고 믿었던 것들이 실은 내 안에 고스란히 존재한다는 사실을 나는 깨닫게 됐다. 그즈음 내게는 아이가 생겼다. 내가 이 세상에서 사라지고 나서도 아주 오랫동안 그 아이가 나 없는 세상을 살아갈 것이라는 사실을 나는 '상식적으로' 받아들일 수 있게 됐다.

어느 해 추석이었던가 설날이었던가, 고향 친구들과 술을 많이 마시고 집으로 돌아가는 길이었다. 꽤나 늦은 시간이었다. 문득 24시간 국밥집이 떠올랐다. 나는 얼마간 망설인 뒤에 그 집에 가 보기로 결심했다. 김천역을 빠져나오면 역전 광장 왼쪽에 뉴욕제과점이 있었다. 양옆에 새시*로 만든 진열창이, 그 가운데 역시 새시로 만든 출입문이 있었다. 출입문 오른쪽에는 스티로폼으로 만든 모형 케이크를 늘 진열해 놓았고 왼쪽에는 주

* 새시(sash) 철, 스테인리스강, 알루미늄 따위를 재료로 하여 만든 창의 틀.

방이 있었다. 오후면 기울어진 햇살이 들어오는 바람에 차양*을 드리워야 했다. 가게를 볼 때, 나는 오후 4시경이면 줄을 풀어 초록색 차양을 드리웠었다. 출입문을 열고 들어가면 왼쪽으로 80년대 후반에 새로 들여놓은 최신형 케이크 진열대가, 오른쪽으로 개방된 형태의 빵 진열대가 있었다. 한쪽에는 위로 문을 여닫는 아이스크림 냉동고가 있었고 들어가는 길 맞은편에는 식빵, 롤케이크, 밤빵, 피자빵 등 좀 덩치가 큰 빵과 사탕 따위를 놓아두는 진열대가 하나 더 있었다. 거기를 돌아 들어가면 1번부터 9번까지 테이블이 있었다. 8번과 9번은 수족관 뒤에 있었기 때문에 들어가면서는 잘 보이지 않았다. 출입문의 정반대편 벽에는 컬러 방송이 처음 시작된 해에 구입했던 텔레비전이 높이 설치한 받침대에 놓여 있었다. 어머니는 늘 케이크 상자나 포장용 비닐을 쌓아 두는 1번 테이블 한쪽에 앉아서 낮에는 출입문 쪽을, 밤에는 텔레비전 쪽을 바라보고 있었다. 내 마음속에 영원히 남은 뉴욕제과점의 모습은 그와 같았다. 24시간 국밥집에 들어간 나는 옛날로 치자면 2번 테이블이 있던 곳쯤 돼 보이는 자리에 앉아 국밥이 나오기만을 기다리고 있었다. 텔레비전도 옛날 그 받침대에 놓여 있었고 바닥의 무늬도 그대로였으며 나무 장식의 천장도 마찬가지였다. 내 눈길이 닿는 모든 곳에서 나는 우리 가족의 모습을 볼 수 있었다. 그곳에서 나

* 차양 햇볕을 가리거나 비가 들이치는 것을 막기 위하여 처마 끝에 덧붙이는 좁은 지붕.

는 어린아이였다가 초등학생이었다가 걱정에 잠긴 고등학생이었다가 자신만만한 신출내기 작가였다가 빙수 판매 신기록을 세운 대학생이기도 했다. 그리고 나는 더 이상 고개를 들고 실내를 바라볼 수 없었다. 이윽고 국밥이 나왔고 나는 내내 고개를 숙이고 국밥을 먹었다. 국밥은 따뜻했다. 나는 셈을 치른 뒤, 새시 문을 열고 밖으로 나왔다. 역전 거리의 불빛들이 둥글게 아롱져 보였다.

세상을 살아가는 데 그렇게 많은 불빛이 필요한 것은 아니다. 그저 조금만 있으면 된다. 어차피 인생이란 그런 게 아니겠는가.

## 활동

1. 다음은 '고향'의 사전적 의미입니다. 이를 바탕으로 소설 속 '나'에게 뉴욕제과점은 어떤 공간인지 생각해 보고, 자신에게도 그립고 정든 곳이 있는지 떠올려 봅시다.

**고향**
1. 자기가 태어나서 자란 곳.
2. 조상 대대로 살아온 곳.
3. 마음속에 깊이 간직한 그립고 정든 곳.

소설 속 '나'에게 '뉴욕제과점'은:

나에게 '뉴욕제과점' 같은 곳은:

2. 작품의 내용을 떠올리며 다음 활동에 답해 봅시다.

❶ 주인공이 회상하는 것들을 되짚어 보며 괄호 안을 채워 봅시다.

- 김천역 앞 (                    ), 그리고 그곳을 지키던 어머니.
- 개한테도 (                    )를 먹일 만큼 '나'의 집이 부자라고 알려졌던 풍요로운 한 시절.
- 혼자서 (                    )를 134그릇이나 판매했던 성취감과 흥분.
- '나'를 향한 편지에 담긴 (                    )의 지지와 섬세한 응원.

❷ 다음은 소설에서 '불빛'에 대해 서술한 대목들입니다. 주인공이 지금의 자신을 만들어 주었고 세상을 살아가는 데 힘이 되어 준다고 말하는 불빛이 무엇을 의미하는지 생각해 봅시다.

- 자신이 어떤 사람인지 알고 싶다면 한때나마 자신을 밝혀 줬던 그 불빛이 과연 무엇으로 이뤄졌는지 알아야만 한다.
- 세상을 살아가는 데 그렇게 많은 불빛이 필요한 것은 아니다. 그저 조금만 있으면 된다. 어차피 인생이란 그런 게 아니겠는가.

3. 나에게도 따뜻한 추억을 선물해 준 사람이나 장소가 있는지, 혹은 내가 다른 이에게 위안이 되어 준 경험이 있는지 떠올려 봅시다.

4. 다음은 유명한 소설가가 된 '나'가 기자와 인터뷰하는 장면을 가상으로 구성해 본 것입니다. 여러분이 '나'(작가)라고 생각하고 기자의 질문에 답해 봅시다.

**기자:** 각종 문학상을 휩쓸고 계신 작가님을 모셨습니다. 안녕하세요?

**작가:** 안녕하세요? 초대해 주셔서 감사합니다.

**기자:** 「뉴욕제과점」은 자전적 소설로 알려져 있습니다. 이 소설을 왜 연필로 쓰기로 결심하셨나요?

**작가:**

**기자:** 비싼 대학 등록금을 지원해 주는 것보다 어머니의 웃음이 더 큰 가치가 있다고 생각하셨다고요. 왜 그렇게 여기셨나요?

**작가:**

**기자:** 마지막 질문입니다. 뉴욕제과점이 24시간 국밥집으로 바뀐 뒤로 왜 한동안 가 보지 않으셨나요?

**작가:**

## 엮어 읽기

**현진건의 「고향」**

현진건(1900~1943)은 일제 강점기의 소설가 겸 언론인으로 「운수 좋은 날」 「술 권하는 사회」 「빈처」 「B사감과 러브레터」 등 20편의 단편소설과 7편의 중·장편소설을 남겼습니다. 일제 지배하에서 겪은 민족의 수난을 객관적이고도 생생하게 묘사한 사실주의의 선구자로 꼽힙니다. 동아일보 재직 당시인 1936년, 베를린 올림픽 마라톤 1등을 차지한 손기정 선수의 사진에서 유니폼에 그려진 일장기를 지우고 신문에 실은 사건으로 일 년간 복역하기도 했습니다.

「고향」은 1926년 「그의 얼굴」이라는 제목으로 발표되었다가 같은 해 단편집 『조선의 얼굴』에 수록되면서 제목이 바뀌었습니다. 대구에서 서울로 올라오는 기차에서 생긴 일을 액자식으로 구성한 단편소설인데, 외양 묘사나 어조 변화, 인물의 대화를 바탕으로 일제 지배하의 비참한 현실을 구체적으로 그려 내고 있습니다.

'나'는 일본인, 중국인, 조선인 등이 뒤섞인 기차 안에서 기이한 얼굴과 옷차림을 한 '그'를 마주하고 '그'와 이야기를 나눕니다. 대구 근교의 평화로운 농촌에 살았던 '그'가 동양척식주식회사에 농토를 빼앗기고 떠난 사연을 들려줍니다. 간도에서 일본 탄광을 거쳐 고향으로 돌아왔으나 고향은 무덤과 해골을 연상시키는 공간으로 변해 있었지요. 혼담이 오갔던 여인을 고향에서 우연히 다시 만나는데, 아버지의 노름빚 때문에 유곽에 팔린 이후 소식을 듣지 못했던 그녀 역시 십 년간 모진 고초를 겪었다는 것을 알게 됩니다.

'그'는 그렇게 폐허가 되어 버린 고향을 떠나 일자리를 구하려고 서울행 기차를 탄 것이었죠. '나'는 친구한테 받은 정종을 '그'와 나누어 마시고 당시 유행하는 민요를 부르며 소설은 끝납니다.

'고향'은 태어나서 자란 곳, 조상 대대로 살아온 곳, 마음속에 깊이 간직한 그립고 정든 곳이라는 의미를 담고 있습니다. 언뜻 보면 공간을 일컫는 말이지만, 엄밀하게 말하자면 고향은 시간과 공간이 분리되지 않는 '시공간'입니다. 1920년대를 배경으로 하는 현진건의 작품 속 고향은 농경 사회의 터전이며 대대손손 살아온 마을을 의미합니다. 1970~80년대를 배경으로 하는 김연수 소설 속 '뉴욕제과점'은 프랜차이즈 베이커리에 밀려 문을 닫게 되었지요.

현진건의 「고향」에 등장하는 '그'에게도, 김연수의 「뉴욕제과점」의 '나'에게도, '그립고 정든 곳'은 현실에 남아 있지 않습니다. 하지만 고향은 정겨운 기억으로 인물들의 마음속에 여전히 남아 있습니다. 여러분의 마음속에 존재하는 그립고 정겨운 시공간에는 어떤 풍경과 어떤 사람들이 남아 있나요? 여러분이 지금 딛고 있는 시공간은 훗날 정겨운 기억으로 자리 잡을 수 있을까요? 당신이 지금 있는 그곳이 부디 당신의 미래에 그립고 정든 곳이 되기를, 「뉴욕제과점」의 '나'가 말하듯, "이 세상에 존재하지 않"지만 "나를 살아가게" 하는 것이 되기를 바랍니다.

# 책만 보는 바보

안소영

安素玲(1967~ ) 작가.
1967년 대구에서 태어나 서울에서 자랐다. 서강대 철학과를 졸업했다. 시대적 변동이나 환란에 맞닥뜨린 역사 속 인물들을 추적해 그 내면을 탐구하는 작품을 주로 쓴다. 지은 책으로 『책만 보는 바보』 『다산의 아버님께』 『갑신년의 세 친구』 『시인 동주』 『마지막 문장』 『당신에게로』 등이 있다.

# 들어가며

'역사'는 객관적인 사실로 존재할 수 있을까요? 에드워드 카는 『역사란 무엇인가』에서 '역사'는 순수하고 객관적인 기록물이 아니라 사료를 취사선택한 누군가의 견해가 첨가될 수밖에 없음을 밝히며 "역사는 과거와 현재의 끊임없는 대화"라고 정의합니다. "과거에 비추어 현재를 배운다는 것은 또한 현재에 비추어 과거를 배우는 것이기도 하다."고 말했습니다.

역사 소설이나 역사 드라마가 역사를 왜곡한다고 비판하는 사람들이 간혹 있습니다. 하지만 역사를 모티프로 하는 소설이나 드라마는 배경과 몇몇 인물만 역사에서 가져왔을 뿐, 나머지는 작가의 상상력으로 채웁니다. 그러니 역사적 사실이라는 잣대를 들이대 왜곡이라고 비난하는 것은 적절하지 않습니다.

방대한 사료를 철저히 고증해서 과거에 잠들어 있던 인물을 현재로 불러내는 역사 소설도 있습니다. '과거와 현재의 끊임없는 대화'인 셈이지요. 이 작품은 이덕무가 남긴 글과 방대한 자료를 단서로 삼아 그의 마음을 상상으로 채우면서 이덕무와 그의 벗들을 현재로 소환했습니다. 조선 시대에 서자로 태어나 어디에도 끼지 못해 외롭고 가난했던 청년 이덕무를 견디게 해 준 벗들의 이야기입니다.

사는 일이 힘들고 괴로울 때 당신을 버티게 하는 사람은 누구인가요? 우리가 마음과 마음을 나누며 서로에게 힘이 되어 주듯이, 옛사람들도 그러지 않았을까요? 혹여 지금 마음을 나눌 친구가 없다 해도 괜찮습니다. 이 작품을 통해 옛사람들과 마음을 나누며, 오늘날의 벗들은 어떤 사이인지 되물어 보는 계기가 되면 더 좋겠습니다.

# 백탑 아래서 벗들과*

## 내가 있을 자리

군신유의(君臣有義) 임금과 신하 사이에는 의리가 있어야 한다.

부자유친(父子有親) 아버지와 아들 사이에는 친근함이 있어야 한다.

부부유별(夫婦有別) 남편과 아내 사이에는 분별이 있어야 한다.

장유유서(長幼有序) 어른과 아이 사이에는 차례가 있어야 한다.

붕우유신(朋友有信) 벗과 벗 사이에는 믿음이 있어야 한다.

우리는 누구나 삼강오륜(三綱五倫)*에 기대어 살아간다. 글을 읽은 사람은 물론, 그렇지 않은 소박한 백성들도 마음의 뿌리를

* 이 글은 『책만 보는 바보』(보림 2005)의 '두 번째 이야기'에 해당한다. '첫 번째 이야기'부터 '여섯 번째 이야기'까지 총 여섯 개의 장으로 구성된 『책만 보는 바보』는 조선 후기 정조 때 이덕무와 그의 벗들의 이야기이다.

* 삼강오륜 유교 도덕의 기본이 되는 세 가지 강령과 지켜야 할 다섯 가지 도리.

이 오륜에 두고 있다. 아이 때부터 외우고 다니는 다섯 가지 덕목은 그다지 어려운 것도 아니어서 누구나 노래를 부르듯 기억하고 있다. 이를 지키지 않으면 윤리를 깨뜨리는 패륜이라 하여, 사람들 사이에 발 딛고 살 수 없다.

그러나 언제부턴가 나*는 오륜을 이야기하는 것이 서글펐다. 어느덧 글을 배울 만큼 자란 자식 앞에서도 그랬고, 나에게 글을 배우러 몰려온 동네 아이들 앞에서도 그랬다. 놀이처럼 재잘대며 다섯 가지 덕목을 종알거리는 아이들을 볼 때마다 내 마음은 막막하기만 했다.

군신유의라, 임금과 신하 사이에는 의리가 있어야 한다. 그러나 의리로써 임금을 대할 기회가 나에게는 주어지지 않았다. 벼슬길에 나아갈 수 없는 나에게 군주(君主)는 그저 아득히 먼 존재일 뿐이었다. 그 은혜와 손길을 느낄 수가 없고, 나 역시 피가 도는 뜨거운 마음으로 나의 군주에게 의리를 바칠 수가 없었다.

부자유친이라, 아버지와 아들 사이에는 친근함이 있어야 한다. 그러나 아버님을 뵐 때마다 내 마음은 늘 아려 온다. 아들을 낳고부터는 더욱 그랬다. 아비로서의 지극한 정으로도, 나와

* 나 이 글의 화자이자 주인공인 이덕무를 말한다. 이덕무(李德懋, 1741~1793)는 조선 후기 정조 때의 문인이자 실학자로, 박학다식하고 문장에 뛰어나 청나라에까지 이름을 떨쳤으나, 서자라는 이유로 관직에 등용되지 못하는 등 제약을 많이 받았다. 이덕무는 자신을 '간서치(看書癡)', 즉 '책만 보는 바보'라 하였다.

같은 처지를 아들에게 물려주어야 하는 현실을 바꿀 수는 없었다. 아버님 역시 그러하셨을 것이다. 아버님과 나에게는, 그리고 나와 나의 아들에게는, 부자로서의 친근함 이전에 흐르는 감정이 있다. 서자의 처지라는 공통의 운명을 짊어지고 살아야 하는, 서로에 대한 안쓰러움이다.

부부유별이라, 남편과 아내 사이에는 분별이 있어야 한다. 하지만 아내에게도 나와 마찬가지로 서출(庶出)*이라는 피가 흐르고 있다. 처가는 무인의 집안이지만, 그 활달하고 씩씩한 기운으로도 신분의 굴레가 주는 그늘을 아주 없애지는 못했다. 아내 역시, 아버지와 형제들의 우울한 한숨과 끈끈한 탄식 속에서 자랐을 것이다. 아비와 어미에게서 그러한 피를 물려받은 나의 자식들 역시 그러할지 모른다. 그러한 자식들을 바라보는 아내의 심정도 나와 마찬가지로 절망적이고 우울하리라. 부부는 이렇게 다르지 않다.

장유유서라, 어른과 어린아이 사이에는 차례가 있어야 한다. 물론 어린 사람은 나이 든 사람을 공경해야 마땅하다. 하지만 예외는 있다. 우리 같은 서자 출신은 머리가 허옇게 센 노인이라도, 본가의 어린아이에게까지 존댓말을 써야 한다. 간혹 보잘것없는 벼슬이나마 관직에 나아간다 하더라도, 서출의 자리는 따로 있었다. 당당한 적자 출신의 사대부들끼리 차례를 지켜 앉은

* 서출 첩이 낳은 자식.

다음, 그 아래쪽에 따로 앉았다. 앉은 자리가 남쪽이라 하여 우리를 '남반(南班)'*이라 조롱하기도 했다.

붕우유신이라, 벗과 벗 사이에는 믿음이 있어야 한다. 오륜이 나와 같은 처지의 사람들에게도 공평하게 한자리를 내어 주는 것은 오직 이 항목뿐이다. 임금과 신하, 아버지와 아들, 남편과 아내, 어른과 아이, 사람들 사이의 어떠한 곳에서도 우리가 마음 편히 있을 자리는 없었다. 우리가 사람다운 대접을 받고, 사람으로서 살아가는 의미를 찾을 수 있는 것은, 오직 마음에 맞는 벗들과 함께 있는 그 순간뿐이었다.

나는 언제나 이러한 벗들이 그리웠다. 내 입으로 글을 읽어도 듣는 것은 나의 귀뿐, 내 손으로 글을 써도 보는 것은 나의 눈뿐, 오로지 내가 나를 벗으로 삼아 위안해 온 세월이 너무나 길었다.

그러나 오랜 기다림 끝에 나도, 드디어 소중한 벗들을 만나게 되었다. 벗들에게로 가는 길을 나에게 내어 준 것은, 은은한 달빛 아래 더욱 환하게 모습을 드러내는 백탑*이었다. 탑은 제 그림자를 다리처럼 길게 놓아, 벗들에게로 가는 길을 만들어 주었다. 또한 내가 오래도록 머무를 자리도 만들어 주었다.

* 남반 양반(兩班)에 들지 않는 중류 계급의 반열로 그 벼슬도 7품에 한하였다.
* 백탑 현재 서울 종로구 탑골공원에 있는 '원각사지 십층석탑'을 말한다. 1467년(세조 13년) 원각사가 지어질 때 함께 건조된 석탑이다.

언제부터 저 백탑이, 내 마음속에 자리 잡고 서 있었던 것일까?

보잘것없는 체구인 나이지만, 가슴속에 서 있는 백탑을 느낄 때면 왠지 허리도 가슴도 꼿꼿이 펴지는 것 같다. 나도 백탑처럼 세상에 우뚝 서 있는 듯한 기분이 든다.

달님이 보름을 향해 둥글게 가고 있는 어느 가을밤, 남산 자락에 있는 처남 집에서 문득 도성 안을 내려다보던 때였을까.

나지막하게 엎드린 초가지붕과 기와지붕들 위로 탑이 홀로 높이 솟아 있었다. 탑은 하얗고 기다란 촛대처럼 보였다. 그 위를 달빛이 촛농처럼 고요히 흘러내리고 있었다. 어두울수록 더욱 은은하게 빛나는 탑의 모습을 정신없이 바라다보고 있는데, 탑도 눈길을 길게 늘여 나를 바라보는 것 같았다. 그 눈길과 눈길이 서로 마주치는 순간, 서늘하고도 흰 탑 하나가 내 가슴속에 성큼 들어와 서는 듯했다.

아니면 개천 물소리가 경쾌하게 들려오던 어느 봄날, 천천히 운종가*를 거닐다가 문득 탑이 서 있는 옛 절터 쪽을 바라보던 때였을까.

흰옷 차림의 사람들은 봄을 맞은 저잣거리를 구름처럼 바쁘게 흘러 다니고 있었다. 딱히 필요한 물건을 사러 나온 것은 아

* 운종가 조선 시대에 서울의 거리 가운데 지금의 종로 네거리를 중심으로 한 곳.

니었지만, 내 발걸음은 모처럼 여유롭고 가벼웠다. 그러다 흘낏 옆으로 눈을 돌렸을 때, 고개를 길게 늘여 빼고 세상 구경을 하고 있는 탑의 윗몸이 보였다. 햇살을 받은 탑은 더욱 눈부셔 보였고, 탑의 몸에 묻은 초록빛 이끼들도 더욱 신비로워 보였다. 정신없이 그 모습을 바라보고 있는 순간, 환하고도 흰 탑 하나가 내 가슴속에 사뿐 들어와 서는 듯했다.

캄캄한 밤에도, 환한 낮에도, 도성 안 어디에서 눈길을 돌려도, 탑은 제 모습을 당당하게 드러내었다. 헌칠한 탑의 키는, 사람 키의 일곱 배가 된다고도 하고 여덟 배쯤 된다고도 했다. 밤하늘의 달님도 도성 안에 홀로 우뚝 솟아 있는 저 탑을 보고서야, 비로소 조선 땅을 제대로 찾아온 줄 알았을 것이다.

가까이에서 바라보는 탑은, 멀리서 볼 때와는 또 다르다. 삼층으로 된 아래 기단은 튼튼하면서도 웅장하고, 그 위에 다시 쌓아 올린 십 층 돌탑의 높이는 더욱 까마득했다. 게다가 모란과 연꽃, 용, 사자 등 탑의 모든 면에 가득한 조각들은 정교하면서도 아름다웠다. 돌을 쪼아 만들었다는 것이 도저히 믿어지지 않을 정도였다. 탑의 몸에 피어오른 이끼마저 아름답고 신비로워 보였다.

탑이 이 옛 절터에 서 있게 된 것은, 지금으로부터 삼백 년도 훨씬 전인 1467년, 세조 임금 때부터라고 한다. 궐 안의 임금은 화려한 절을 지어 탑의 모습을 빛내 주려 하였지만, 궐 밖의 백성들은 이름 모를 풀들과 은은한 달빛이 탑과 함께할 수 있도록 옛 절터를 그대로 남겨 두었다. 화려한 치장을 하고 탑의 주위를 돌던 사람들은 없어졌지만, 스스럼없이 탑의 아래 기단에 주저앉아 고단한 다리를 쉬어 가는 사람들이 많아졌다. 낮에는 개구쟁이 아이들의 놀이터가 되고, 밤에는 마음이 울적한 사람들이 찾아와 말없이 앉아 있다 가기도 하였다. 사람들은 '원각사 십층석탑'이란 본래의 긴 이름 대신에, 그저 '백탑'이라고 정겹게 불렀다.

나는 한동안 백탑을 홀로 가슴속에 담아 두었다. 다른 벗들도 마찬가지였을 것이다. 아직 서로에 대해 알지 못하고 저마다 사는 곳이 다를 때에도, 탑을 바라보는 눈길만큼은 가끔씩 밤하늘 어딘가에서 마주쳤을지도 모른다. 탑도 그것을 잘 알고 있었을 것이다. 그래서 우리들을 차례로 백탑 가까이 불러들인 것이 아니었을까.

오래도록 친척 집으로 셋집으로 정처 없이 떠돌던 나는, 드디어 백탑 아래에 보금자리를 마련하게 되었다. 1766년 5월이었다. 바깥채도 따로 없고 이엉을 인 지붕마저 손질이 안 돼 엉성한 집이었다. 하지만 나는 그 집이 마음에 들었다. 길게 목을 늘인 탑은, 밤늦도록 책을 읽고 있는 내 방의 불빛을 언제나 고요히 바라보고 있었다. 그럴 때면 탑의 눈길을 따라온 달님도 우리 집 지붕 위를 오랫동안 떠나지 않았다.

이렇게 나는 '큰 절 동네'라는 뜻의 이름을 지닌 대사동(大寺洞)에서 탑과 함께 살게 되었다. 큰 절은 사라지고 없었지만 탑은 여전히 그 자리에 서 있기에 불리던 이름이었다. 나처럼 탑을 아끼는 벗들과 스승이 함께 모여 산 동네였다. 1766년부터 1783년까지, 백탑 아래에서 보낸 나날들은 내 생애에서 가장 빛나는 시절이었다.

### 백탑 아래 맺은 인연

밤늦도록 책을 읽다가 마당으로 나와 서늘한 바람을 쐬노라면, 잠을 이루지 못하는 것은 나만이 아니라는 생각이 들었다. 머리 위에 달님을 인 채 탑은 고요히 나를 바라보고 있었고, 나처럼 책을 읽다가 마당을 서성이고 있을 벗들의 발짝 소리가 들리는 듯도 했다. 저마다 가슴속에 담긴 외로움을 알아보고 탑이 우리를 차례로 부른 것인지, 탑의 따스한 기운에 이끌려 우리가 그 아래로 하나둘 모여든 것인지. 아무튼 우리는 서로의 숨결을 느낄 만큼 가까운 곳에 모여 살고 있었다.

백탑 아래 동네에서 옆 동네 경행방과 이어지는 북동쪽 끄트머리에는, 유득공(柳得恭)과 그의 숙부들 집이 있었다. 정작 나와 동갑은 유득공의 숙부 유련(柳璉)이었으나, 가슴속의 이야기를 다 터놓을 만큼 허물없는 벗으로 지낸 이는 나보다 일곱 살 아래인 유득공이었다. 늘 환한 웃음을 띠고 있는 그의 얼굴은, 보기만 해도 기분이 좋았다. 그는 바람처럼 가볍게 이곳저곳 다니기를 즐겨 했는데, 그때마다 사소한 옛이야기 하나도 놓치지 않고 꼼꼼히 기록해 두었다. 환한 얼굴에 부드러운 울림이 좋은 그의 목소리로, 예와 지금의 갖가지 이야기를 듣는 것은 우리들의 큰 기쁨이었다.

내가 백탑 아래로 온 지 이태 뒤에는 연암(燕巖) 박지원(朴趾源) 선생이 이사 오셨다. 우리 집과는 사립문을 나란히 하고 있을 만큼 가까웠기에, 연암 선생을 만나러 온 사람들은 내 집에도 자주 들렀고 때로는 우리 집에 왔다가 함께 선생 댁으로 가기도 했다. 선생 자신이 이름난 사대부 집안의 자손이고, 드나드는 사람들 또한 우리 같은 서자보다는 사대부 집안의 자제들이 많았다. 그러나 선생은 누구에게나 한결같이 따스한 눈빛으로 시원스러운 말씀을 들려주셨다. 그 사람의 위치나 처지보다는 사람됨을 먼저 보셨다. 나와 벗들을 조이고 있는 무거운 신분의 사슬도, 연암 선생의 방 안에서는 느슨해졌고 나중에는 의식조차 하지 못했다.

우리를 자애롭게 대해 주기는 담헌(湛軒) 홍대용(洪大容) 선생도 마찬가지였다. 선생은 남산 아래에 살고 계셨지만, 연암 선생을 자주 찾아오셨고 우리도 연암 선생과 함께 선생 댁을 자주 찾아갔다. 자그마한 체구에 목소리도 낮았지만, 우리가 살고 있는 지구와 우주에 대한 이야기를 들려주실 때에는 그 뜨거운 기운이 방 안을 다 채우고도 남았다. 선생의 입에서 흘러나오는 복잡한 수식과 자연 세계의 규칙들을 듣노라면, 내가 그리 관심을 두지 않았던 역학이나 천문학에도 나름대로 아름다움이 있다는 것을 새삼 깨닫곤 하였다.

남산 아래에는 또한 나의 벗이자 처남인 백동수(白東脩)와, 박제가(朴齊家)가 살고 있었다. 백동수는 우리들 가운데 유일하게 무예에 뜻을 두고 있는 벗이었다. 그가 활을 쏘는 모습이나 목검을 휘두르며 수련을 하는 모습을 볼 때면, 나와 벗들의 가슴도 왠지 후련해졌다. 다부진 몸집에 눈빛이 날카로운 그와 함께 걷노라면, 우리들의 어깨도 조금씩 펴지는 것만 같았다.

나는 벗들 가운데 특히 박제가에게 어쩐지 마음이 많이 쓰였다. 박제가는 누구에게나 할 말을 거침없이 다 하였고 자신의 감정을 에둘러 말하는 법 없이 솔직히 드러내었기에, 싫어하는 사람이 많았다. 다른 사람의 비난을 받거나 쉽게 어울리지 못하는 그를 볼 때마다, 나는 마음이 아팠다. 언뜻 보기에는 대범해 보이지만 사실은 무척 여린 사람이라는 것을 잘 알고 있기 때문이다. 제가라는 이름은 '수신제가 치국평천하(修身齊家治國平天下)'*의 그 제가(齊家)를 말한다. 이름답게 나라를 다스리는 치국에도 관심이 많아, 백성들의 생활을 직접 살펴보고 나아질 방법을 찾아보는 데 많은 노력을 기울였다. 박제가와 백동수는 남산 아래에 살고 있었지만, 아마 제집에서 보낸 시간보다는 백탑 아래에서 우리들과 함께 보낸 밤들이 더 많았을 것이다.

이서구(李書九)는 우리 가운데 가장 나이가 어렸다. 나와는 열

* 수신제가 치국평천하 제 몸과 마음을 닦고 집안을 다스린 다음, 나라를 바로 다스려 세상을 평안하게 한다.

세 살이나 차이가 났다. 그는 우리처럼 서자가 아니고 이름난 집안의 당당한 자손이었다. 그의 사랑은 연암 선생 댁 서편에 있었는데, 대갓집답게 높다랗게 솟아 있었다. 연암 선생 댁에 자주 드나들던 그는 우리와도 알게 되었고, 이내 나이와 신분에 거리낌 없이 함께 어울리는 벗이 되었다.

백탑 아래 동네에서 오고 가며 어울리던 그 무렵, 나와 벗들은 『백탑청연집(白塔淸緣集)』이라는 시문집을 펴내었다. 연암 선생의 글도 들어 있었다. 제목은 박제가가 붙였는데, '백탑 아래 맺은 맑은 인연을 기린다.'는 뜻이다. 그때 우리의 사귐을 이보다 더 잘 표현한 말이 있을까. 아마 백탑도 제 이름과 함께 맺은 우리들의 인연이 오래오래 흐뭇했을 것이다.

### 벗들이 지어 준 나의 공부방

백탑 아랫동네로 이사한 지 세 해쯤 되던 해였다. 바야흐로 봄이 한창 무르익은 오월 어느 날이었다. 탑의 몸에 피어난 이끼도 계절답게 짙은 녹색 빛을 띠고 있어서, 가까이에서 본 탑은 흰색이 아니라 연녹색으로 보였다.

벗들만 간간이 드나들던 호젓한 나의 집에, 별안간 굵은 나무와 연장을 짊어진 장정들이 들이닥쳤다. 집안사람들은 눈이 휘둥그레졌고, 어리둥절하기는 나도 마찬가지였다. 비좁은 마당에 짐을 부려 놓는 사람들 뒤로 유득공과 백동수의 얼굴이 보였다. 그제야 집을 잘못 찾아온 것이 아니라는 생각이 들긴 했으나, 여전히 까닭은 알 수 없었다.

"매부,* 이 사람들에게 마당을 좀 빌려주시지요."

서글서글한 목소리로 백동수가 먼저 말했다. 그 말을 곧이곧대로 새겨 봐도 까닭을 알 수 없었다. 하필이면 비좁은 내 집의 마당을 빌려 달라니, 차라리 집 밖 빈터가 더 넓지 않은가. 이런 생각을 하고 있는데, 유득공이 겸연쩍은 표정을 지으며 덧붙였다.

"여기, 방 한 칸을 만들려고 합니다. 편안하게 책도 읽고, 저희도 자주 찾아와 함께 지내고……."

"……."

무어라 할 말이 떠오르지 않았다. 어느새 눈앞이 뿌옇게 흐려졌다. 찾아온 벗들을 한 번도 편안하게 맞이하지 못한 지난날들이 그림처럼 지나갔다.

우리 집은 바깥채가 따로 없이, 좁은 마루를 사이에 둔 방 두 칸이 전부였다. 손님이라도 찾아오면 나와 함께 있던 어린 동생은 형수와 조카들이 있는 방으로 건너가야 했다. 출타한 아버님이 돌아오시면, 나는 찾아온 벗들과 함께 슬그머니 바깥으로 나와야만 했다.

어쩌다 비좁은 방 안에 무릎을 맞대고 앉아 있어도 편치 않았다. 행여 손님에게 방해될세라 아내는 목소리를 낮추었지만,

* 매부 손위 누이나 손아래 누이의 남편을 이르거나 부르는 말.

아이들을 꾸짖는 소리는 문풍지 사이로 바람과 함께 흘러들어 왔다. 늦은 밤이면 더욱 조심스러워, 목소리를 낮추는 것은 방 안에 있는 사람들도 마찬가지였다.

추운 겨울날에는 칼바람이 그대로 몸에 감겨들었고, 쌓였던 겨울 눈이 녹기라도 하면 썩은 초가지붕에서 누런 물이 흘러내렸다. 얼었다 녹은 자리에서도 누런 물이 배어 나와 앉아 있는 손님들 옷을 누렇게 물들이기도 했다. 나는 나대로, 손님은 손님대로 딱한 일이 아닐 수 없었다.

보다 못한 벗들이 가진 것을 조금씩 내어 서재를 지어 주자는 의논을 한 듯싶다. 얼마 전, 백탑 아래 사는 또 다른 벗 서상수(徐常修)의 집에서 꽤 많은 책들이 서적상으로 실려 나갔다는 소리를 들었다. 이제 보니 그가 아끼던 책들이 마당에 부려 놓은 나무가 되어 내 집으로 찾아온 모양이다. 다른 벗들도 모두 넉넉한 형편이 아니니, 저 속에는 그들의 책도 제법 들어 있을 것이다.

"이곳의 일은 저 사람들에게 맡겨 두고, 저희 집으로 가시지요."

고개를 떨어뜨리고 생각에 잠겨 있는데, 유득공이 내 팔을 끌었다. 일꾼들은 어느새 부지런히 땅을 고르며 굵은 재목들을 손질하고 있었다. 돌아가는 형편을 눈치챈 아이들은 환한 표정으로 그 주위를 빙빙 돌아다녔다.

자그마한 서재 한 채를 짓는 데는 그리 오래 걸리지 않았다.

하늘도 궂은 인상 한 번 쓰지 않았고, 부드러운 오월 바람은 몇 번이고 흙벽을 쓰다듬으며 단단하고 매끈하게 만들어 주었다.

그 달이 다 가지 않아 내 집 마당에는 새로운 집 한 채가 자리를 잡았다. 방 하나가 전부인 건물이지만, 새로 올린 지붕의 풀 냄새가 향긋하고 종이로 바른 흙벽이 벗들의 마음처럼 은은하고 정겨웠다.

마침내 서재가 완성된 날, 벗들이 내 집에 모여들었다. 아내는 모처럼 조촐한 술상을 차려 내었다. 집을 짓는 틈틈이, 밤새워 바늘을 놀려 가며 애써 마련해 둔 것이리라. 여기에 벗들이 저마다 들고 온 꾸러미를 펼쳐 놓으니 잔칫상이 따로 없었다. 여전히 서로 무릎을 맞대고 앉아야 할 만큼 좁은 방이었지만, 나에게는 온 세상을 차지한 것처럼 넓기만 했다. 태어나 처음으로 나만의 편안한 공간을 얻게 된 감격에 울먹울먹 속이 일렁여서 그런지, 그날따라 술기운이 빨리 올랐다.

벗들은 청장관(靑莊館)이라는 나의 호를 따서, 새로 지은 서재에 '청장서옥(靑莊書屋)'이라는 이름을 붙여 주었다. 처음으로 갖게 된 온전한 나만의 공부방이자, 두런대는 벗들의 목소리가 끊이지 않는 우리의 사랑방이기도 했다.

### 어찌 눈으로만 책을 읽는다 하는가

나의 호, 청장(靑莊)은 푸른 백로를 말한다. 청장은 고요히 물가에 살면서, 눈앞에 지나가는 고기를 필요한 만큼만 먹고사는 맑고 욕심 없는 새라고 한다. 하늘처럼 미더운 새라는 뜻인지, 하늘도 그 고요한 성품을 믿는 새라는 뜻인지, 사람들은 '신천옹(信天翁)'이라고 높여 부른다.

나도 그리 살고 싶었다. 달리 누리는 것이 없어도 좋으니 그저 약간의 음식으로 배를 채우고, 책 속의 글귀들로 머리와 가슴을 채우며 고요히 한자리에서 살고 싶었다. 그러나 그것은 간절한 바람에 지나지 않아서, 오랫동안 내게는 마음 편히 머무를 곳이 없었다. 백탑 아래, 벗들이 공부방을 지어 주면서 비로소 나의 자리를 갖게 된 것이다.

청장이 푸른 날갯짓을 하듯이, 나는 날마다 방 안에서 책 속을 누비며 다녔다. 수백 년, 수천 년의 세월을 거슬러 올라가 보기도 하고, 가 보지 않은 낯선 곳에 마음껏 내 발자국을 남기기도 하였다. 그림을 보듯, 소리를 듣듯, 나만의 작은 방에서 마음껏 책 속에 빠져들었다.

사람들은 그저 눈으로 책을 읽는다고 한다. 그러나 책과 사람의 마음이 만나는 통로가 어찌 눈뿐이겠는가?

나는 책 속에서 소리를 듣는다.

머나먼 북쪽 변방의 매서운 겨울바람 소리, 먼 옛날 가을 귀뚜라미 소리가 책에서 들린다. 내가 좋아하는 시인 두보(杜甫)는 귀뚜라미 소리를 이렇게 표현하였다.

서글픈 거문고와 거세게 떨리는 피리 소리
그 곡조도 따르지 못하는 이 천진함!

— 두보 「귀뚜라미」 중에서

사람들은 흔히 귀뚜라미 소리를 서글프다거나 애절하다고 하지, 천진하다고 말하지는 않는다. 그러나 울고 있는 귀뚜라미를 가만히 들여다본 적이 있는가. 운다는 것도 사람이 자신의 감정을 실어 그렇게 표현할 뿐, 귀뚜라미는 그저 앞날개를 열심히 비비며 소리를 낼 뿐이다. 밤새도록 계속되는 그 움직임은 무척이나 진지해 고지식해 보이기까지 한다. 너무나 진지해서 천진하고, 천진하기에 맑아, 우리 몸에서 가장 맑고 가느다란 감정의 핏줄과 쉽게 섞이는 것이 아닐까.

두보의 시를 읽으며 나는, 내 핏줄이 떨리는 듯한 귀뚜라미 소리를 새롭게 듣는다. 그 소리를 듣고 있노라면 덩달아 나도 천진해지고 맑아지는 기분이다.

책 속에는 또 사람의 목소리가 있다.

세상살이와 사람살이에 대한 깨우침을 주는 나지막한 목소리가 있고, 그늘진 신세를 한탄하는 울적한 목소리도 있다.

가을바람에 괴로이 읊노니
세상에는 나를 알아주는 사람이 적구나.

창밖은 한밤중 비가 내리는데

등불 앞 내 마음은 만 리를 달리네.

— 최치원 「가을 밤 비는 내리고」 중에서

천 년 전, 신라의 문장가 고운(孤雲) 최치원(崔致遠)의 목소리이다. 그는 열세 살 어린 나이에 고국을 떠나 당나라에서 유학하였다. 그곳에서 보장된 출세도 마다하고 돌아왔지만, 쇠하여 가는 어지러운 신라는 꿈에 그리던 고국이 아니었다. 한밤중, 추적추적 내리는 가을비 소리와 함께 들려오는 그의 목소리는 천 년 세월이 흐른 지금도 내 마음을 적신다. 나는 가만히 그의 목소리를 되뇌어 본다. 세상에는 나를 알아주는 사람이 적구나. 나 자신의 목소리이기도 했다.

달리 들어 줄 사람이 없어, 책에다 대고 이야기해야만 하는 목소리의 주인공들은 틀림없이 외로웠을 것이다. 그의 마음을 달래 주고 싶은 나는, 그의 이야기를 다시 한번 내 목소리로 들려준다. 그럴 때면 누군가 가만히 내 이야기를 듣고 있는 것만 같다.

나는 또한 그림을 보듯 책을 본다.

아무도 가 보지 않은 울창한 숲을, 책은 나에게 보여 준다. 그 숲으로 한 발 내디뎌 본다. 높이 뻗은 아름드리나무들은 하늘마저 조각내 새롭게 보이게 하고, 채 마르지 않은 아침 이슬은 내 무릎을 적신다. 하얀 눈으로 뒤덮인 겨울날, 그 숲에는 발자국 몇 개가 드문드문 찍혀 있다. 나처럼 책 속을 다녀간 사람들의 발자국이리라.

> 종일토록 산을 봐도 산은 싫지가 않아
> 산에 터를 잡고 그곳에서 늙어 가리라.
> 산에 핀 꽃 다 져도 산은 그대로이고
> 산골 물 흘러만 가는데 산은 마냥 한가롭구나.
>
> — 왕안석 「종남산에서」 중에서

옛 중국 송나라의 젊은 재상 왕안석(王安石)이 쓴 시이다. 기울어 가는 송나라를 새롭게 일으키려고 애를 썼으나, '신법(新法)'이라 불리던 그의 개혁은 반대파에 밀려 실패했다. 쓸쓸히 고향으로 내려간 그는 종일토록 산을 바라본다. 변화무쌍한 사람살이에도 불구하고 산은 언제나 그 자리에 그대로 있다. 아무리 바라보아도 싫지가 않다. 그곳에서 터를 잡고 늙어 가리라 생각하지만, 어딘가 조금은 쓸쓸해 보이고 귀밑머리는 어느새 희끗희끗하다.

오랜 세월이 흐른 지금도 나는 이렇게 그림을 보듯 그를 보고 있다. 종일토록 들여다보아도 그의 산처럼, 책이 보여 주는 그림이 싫지 않다.

어떨 때는 책에서 냄새가 나기도 한다.

사람의 손때와 먼지, 습기를 머금은 책 특유의 냄새가 아니다. 자연이 저마다 독특하게 자신을 드러내 보이는 그런 냄새이다.

멀리서 안타까워하나니, 고향의 국화는
분명 싸움터 곁에 피어 있으리.

— 잠삼(岑參)

「군영에서 9월 9일에 고향 장안을 생각함」 중에서

전쟁터가 된 고향을 그리며 노래한 시이다. 싸움터가 되어 버린 고향에도 올가을엔 어김없이 국화꽃이 피어 있겠지. 그윽한 국화꽃 향기와 함께 다가오는 싸움터의 피비린내는 더욱 서글프기만 하다. 코를 넘어 창자 깊은 곳까지 들어가, 그야말로 애끊는 아픔으로 다가온다.

오랫동안 비워 둔 굴뚝에서 피어나는 연기를 노래한 시도 있다. 눈이 따갑도록 매캐한 연기 냄새가 싫지 않고 반갑다. 모처럼 찾아온 평화와 오랜만에 피어난 사람들의 살림살이가 반가워 그 냄새가 조금도 거슬리지 않는다.

책을 대할 때마다 이렇게 눈과 귀, 코, 입 등 내 몸의 모든 감각은 깨어나 살아 움직인다. 자신과 연결된 신경과 핏줄을 건드리고, 피가 도는 그 흐름은 심장까지 전해져, 마침내 두근두근

뛰게 한다. 감격에 겨운 내 입에서 흘러나오는 소리에 온 우주가 다시 깨어 일어나기도 한다.

그 무렵, 나는 책과 지내며 자연스럽게 떠오르는 생각을 모아 문집을 만들었다. 『이목구심서(耳目口心書)』라 제목을 붙였는데, 글자 그대로, 귀로 듣고 눈으로 보고 입으로 말하고 마음으로 생각한 것을 적어 놓았다는 뜻이다.

### 꽃처럼 다시 피어날 수 있다면

부글부글, 뿌룩뿌룩.

백탑 아래 내 작은 방에 놓인 화로에서는, 재미있는 소리를 내며 밀랍액이 끓고 있을 때가 많았다. 찾아온 벗들은 한쪽에 무릎을 맞대고 앉아, 바쁜 내 손놀림을 신기하다는 듯 바라보곤 했다.

바둑이나 장기도 두지 못하고, 책 보는 것밖에 달리 할 줄 아는 것이 없는 고리타분한 나에게도 한 가지 취미가 있었다. 조물주의 솜씨를 흉내 내어, 밀랍으로 매화를 피워 내는 일이었다.

밀랍은 꿀벌이 집을 만들 때 밑자리로 쓰는 꿀 찌꺼기이다. 덩어리로 되어 있지만, 그릇 안에 놓고 불 위에 끓여 여러 번 거르면 말간 액체가 된다. 이것으로 초를 만들거나 활자나 인쇄 활판의 모형을 만들기도 하고, 나처럼 매화 꽃잎을 만들기도 한다.

이렇게 밀랍으로 만든 매화를 윤회매(輪廻梅)라고 하는데, 말

그대로 돌고 돌아, 윤회하여 된 매화라는 뜻이다. 벌이 꽃에서 꿀을 얻고, 그 꿀에서는 밀랍이 생기고, 그 밀랍으로 다시 매화를 만드는 것이니, 과연 한바탕 윤회라 할 만하다.

"꽃잎을 만드는 게 가장 어렵더군요. 제가 만든 꽃잎은 뭉툭하기만 할 뿐 진짜 매화 꽃잎처럼 하늘하늘하고 가뿐하지가 않습니다."

꽃잎의 형태를 떠낼 나무 대롱 끝을 다듬고 있는 나를 보며, 유득공이 말했다. 그의 말처럼 꽃잎의 형태를 만드는 이 순간이 가장 중요하다. 손놀림이 더디면 꽃잎이 둔하고 너무 빠르면 바스라지기 때문에 손을 가쁜가쁜 놀려 재빠르게 만들어야 한다.

벗들이 지켜보는 가운데 나는, 부글부글 끓고 있는 뜨거운 밀랍액에 속이 빈 나무 대롱의 끝을 살짝 담가, 꽃잎의 형태를 사뿐 떠내었다. 그런 다음 재빨리 옆에 있는 차가운 물에 담가 식혔다. 찬물에 들어가자마자 밀랍으로 만든 꽃잎은 이내 말간 젖빛을 띠면서 물 위를 동동 떠다녔다. 그것을 보며 벗들은 진짜 매화 꽃잎 같다며 감탄하였다. 이렇게 만든 다섯 장의 꽃잎에 노루털로 만든 꽃술을 달아 청록색 종이로 만든 꽃받침에 붙이면, 비로소 한 송이 매화가 피어난다.

기품 있게 생긴 매화나무 가지에 여러 송이의 윤회매를 피워 놓고, 화병에 담아 두고두고 보거나 벗들에게 나누어 주었다. 내가 만드는 것을 지켜보던 벗들은 나중에 저마다 독특한 매화꽃을 피우기도 하였다. 박제가의 매화는 주인을 닮아 어딘가 쓸

쓸하고, 유득공의 매화는 싱그럽고 화려했다.

가끔 술 한 병을 들고 와 내가 만든 꽃을 사 가는 사람도 있었다. 부끄러운 이야기지만 한심한 샌님인 나는, 일을 하거나 무엇을 만들어 대가를 받을 만큼 값나가는 노동을 한 적이 없다. 그래서 스스로 일을 해서 술을 얻는다는 것이 대견하기까지 하였다. 찾아온 벗들에게 늘 변변한 대접을 한 적이 없기에 더욱 귀한 술이었다.

내가 윤회매 만들기를 좋아한 까닭은, 살아 있는 꽃 못지않은 아름다움 때문이기도 하지만, 손가락 끝에 온 신경을 모으고 매달릴 수 있는 그 일이 좋아서였다. 나는 윤회매를 만드는 손끝에 나 자신을 모두 실었다. 가난한 살림도 잊고, 어찌 될지 모르는 내 앞날도 잊고, 꽃잎을 만들고 있는 내 존재마저 잊었다. 오직 내 손에서 피어날 맑고 투명한 꽃잎만을 생각했다. 윤회의 순간, 그것도 이글대는 불길이 주는 모진 고통을 견뎌 낸 뒤에 다시 꽃으로 피어나는 그 순간을 보는 것이 나는 좋았다.

백탑 아래 작은 방에서 내가 피워 놓은 매화를 바라보며 벗들은 이런 이야기를 했다.

"매화나무에 꽃이 피었을 때, 꽃은 자신이 꿀과 밀랍이 되리라 알았겠습니까. 더욱이 그 꿀과 밀랍이 다시 매화로 돌아갈 수 있다는 걸 알기나 했겠습니까."

"처음부터 하나로 정해진 게 아니라, 살면서 다른 모습이 될 수 있다면 얼마나 좋을까요?"

벗들도 나처럼, 자신이 아닌 다른 것이 될 수 있다는 것, 그것도 눈부신 꽃으로 다시 피어날 수 있다는 사실이 부러웠는지 모른다.

우리는 윤회매를 보며 시를 지어 서로 주고받기도 했다. 그 가운데 특히 박제가의 시가 오래도록 가슴에 남았다.

> 벌이 채취하기 전에는 나도 저러하였건만
> 윤회의 중간에는 어찌 되었는지 알 수 없네.

우리는 정말 윤회의 중간에 살고 있는 것일까. 서자의 신분이라는 우리의 운명, 세운 뜻을 펴 보지도 못한 채 가슴에 품고만 살아가야 하는 이 삶도 윤회의 한 부분일까. 우리에게도 저 꽃처럼 다시 돌아갈 제자리가 있는 것일까.

그렇다면 견뎌 내리라, 저렇게 다시 피어날 수 있다면. 벌통에서 밀랍으로 묵묵히 견뎌야 하는 고통, 말간 액체가 될 때까지 활활 타는 불길에 온몸을 녹여야 하는 고통도 기꺼이 견뎌 내리라. 우리들의 삶도 저렇게 다시 피어날 수 있다면.

**뒷부분 줄거리**

앞에서 간략히 다루어진 '나'와 친하게 지낸 벗과 스승들에 대한 이야기가 본격적으로 흥미롭게 펼쳐진다. 한편, 마흔을 눈앞에 둔 나이에 '나'와 박제가는 중국으로 떠나는 사신(使臣)* 의 수행원으로 임명되어 청나라의 수도 연경(지금의 북경)을 방문한다. 연경의 거리에서 진귀한 책들과 선진 문물을 보고 돌아온 뒤인 1779년 '나'와 박제가와 유득공은 드디어 정조의 부름을 받고 대궐에 들어가 벼슬길에 오르게 된다. 대궐에서 '나'는 규장각*의 모든 실무를 담당하는 검서관으로 십여 년간 일하다가 지방의 고을 현감으로 부임해 내려간다.

## 이야기 끝: 1793년 1월 24일

대궐을 나선 나의 발걸음은, 집이 있는 대묘동 쪽이 아니라 그 반대편인 대사동 쪽으로 향했다. 백탑을 떠나온 지도, 백탑을 찾아간 지도 오래였다. 나나 벗들이나 날마다 궐 안팎의 생활이 분주해, 그저 먼발치에서 탑을 바라보며 그리워할 뿐이었다.

정월 초엿새에 풍년을 기원하는 제를 사직단*에서 올렸는데, 전하를 수행하여 다녀왔다. 매운바람을 바깥에서 그대로 맞아

* 사신 임금이나 국가의 명령을 받고 외국에 사절로 가는 신하.
* 규장각 조선 후기 정조가 세운 왕실 학문 연구 기관이자 왕실 도서관. 역대 임금의 시문과 책 등을 보관하고 수집하였으며, 조선 후기 학문과 예술이 번성하는 기운을 불러일으킨 중심 기관으로 많은 책을 편찬하였다. 여기에는 실학자와 서자 출신의 학자들도 채용되었다.
* 사직단 조선 시대에 태조가 지은 제단으로, 토지를 주관하는 신인 사(社)와 오곡(五穀)을 주관하는 신인 직(稷)에게 제사를 지내는 제단이다. 현재 서울 사직 공원으로 남아 있다.

서 그런지, 그때부터 영 몸이 좋지 않았다. 그 이튿날도 입궐하였다가 도저히 견딜 수 없어 다음 날 하루를 쉬었다. 그러나 또 다시 열흘 가까이 아침부터 밤늦게까지 꼬박 일을 해야 했다.

요즘은 전하의 신경이 몹시 날카로우시기에, 가까이에서 모시는 나의 신경도 날이 서 있다. 탕탕평평*의 정치를 하시고자 하는 전하의 뜻과는 달리 신하들의 대립은 좀처럼 가시지 않았다. 무슨 이야기건 늘 귀담아들으려 하는 전하인지라, 그 어느 때보다 신하들의 목소리가 거침이 없고 더 높은 것인지 모른다.

몸이 아픈 데다가 마음도 편치 않으니, 더욱더 탑이 보고 싶다. 따뜻한 아랫목 생각이 간절하였으나, 내 발걸음은 백탑이 서 있는 옛 절터로 먼저 향하였다. 대궐의 일을 감당하기가 날로 힘에 부치고, 몸이 부쩍 쇠약해지니 작은 일에도 쉽게 지치고 마음이 상하였다. 이럴 때일수록 커다란 탑에서 풍겨 오는 서늘한 돌 냄새, 짙은 이끼 냄새에 몸과 마음을 맡기고 싶어진다.

열에 들뜬 몸인지라 발걸음은 허공을 딛는 듯 휘청거렸으나, 마음만은 바빴다. 겨울비인지 봄비인지 부슬부슬 내리는 비가 부축이라도 하는 것처럼 온몸에 감겨들며, 탑에게로 나를 이끌었다.

이곳 대사동을 떠난 지도 십 년이 넘었다. 그동안 동네 모습

* 탕탕평평 싸움, 시비, 논쟁 따위에서 어느 쪽에도 치우침이 없이 공평함.

도 많이 달라졌다. 널찍널찍한 빈터에는 어느새 촘촘히 집들이 들어섰고, 운종가의 활기는 여기까지 번져 와 있었다. 재작년에 나라에서는, 시전 상인*들에게 준 독점적인 권리를 많이 없애고 물건을 사고파는 일을 좀 더 자유롭게 할 수 있도록 했다. 그 뒤로 운종가의 상점 수는 빠르게 늘어났다. 규모가 작은 상점들뿐 아니라 봇짐장수들도 많아졌지만, 예전처럼 막는 사람은 없었다. 그 옛날 박제가와 내가 바라던 대로 상업 본래의 자유로움이 물처럼 흘러 다닐 수 있게 되었다.

고즈넉한 동네에 갑자기 사람들이 북적이게 되었지만, 옛 절터의 모습만은 변함이 없었다. 집을 새로 짓는다, 장사를 해 본다며, 의욕에 넘친 사람들의 걸음은 바빠졌으나 이곳만큼은 결코 넘보지 않았다. 이름 모를 풀과 벌레, 달빛과 바람, 그리고 무엇보다 그 자리에 한결같이 서 있는 백탑에게 사람들은 빈 절터를 양보하였다. 몇백 년 세월 동안 이곳을 비워 둔 옛사람들이 그러했던 것처럼. 언젠가 자신들도 돌아와 탑 아래서 고단한 몸을 쉬었다 가겠노라 생각한 것일지도 모른다.

변함없이 그곳에 서 있는 탑을 바라보니, 어느새 눈앞이 뿌옇게 흐려 온다. 십여 년의 세월이 흘렀지만, 탑은 처음 내 마음속에 담아 놓은 모습 그대로였다. 부슬부슬 내리는 비 때문이었을

* 시전 상인 시장 거리에서 독점적인 상업 활동을 허락해 준 대가로 나라가 필요로 하는 물품을 제공하거나 여러 가지 세금을 내던 특권 상인. 나라에서는 시전 상인들에게 허가받지 않은 장사치(난전)를 단속할 수 있는 권한인 금난전권을 주었다.

까, 탑도 반가움에 일렁이며 내게로 다가오는 것 같았다.

그런데 탑 아래 누군가 먼저 와 있는 듯했다. 자세히 보니 고을 현감이 되어 부여로, 가평으로, 비인으로 내려가 있는 벗들의 얼굴이었다. 지리산 자락 안의(安義) 고을에 있는 연암 선생도 보였다. 관복이 아닌 평상복 차림의 벗들은 이십여 년 전, 우리가 백탑 아래에서 자주 어울리던 그날처럼 얼굴이 더욱 앳되어 보였다. 언제부터 다들 모여 있었던 것일까? 탑 아래 비스듬히 세워 놓은 저 거문고, 아니 담헌 선생도 오셨단 말인가?

단숨에 그 앞으로 달려가려 했지만 왠지 몸이 말을 듣지 않았다. 가느다란 빗줄기였는데도 어느새 몸은 흠뻑 젖은 솜처럼 무거웠다. 누군가 몸을 아래로 잡아당기는 것만 같았다. 왜 걸음이 나아가지 않는 것일까? 나의 백탑, 나의 벗들이 저렇게 서 있는데.

"아버님, 아버님! 정신이 드십니까?"

무거운 눈꺼풀을 겨우 위로 밀고 눈을 떠 보았으나, 앞이 온통 뿌옇기만 했다. 대체 여기가 어디인가, 왜 내가 자리에 누워 있는 게지? 큰비를 만나긴 만난 모양이군, 몸이 이리 흠뻑 젖어 있으니. 그런데 탑은? 그리고 선생과 벗들은?

"몸도 좋지 않으신데 옛 동네는 어쩐 일로 가셨습니까? 큰일 날 뻔했습니다."

눈앞에 들어오는 모습이 조금씩 또렷해지면서, 그제야 아들

광규의 근심스러운 얼굴이 보였다. 땀을 얼마나 많이 흘렸는지 옷과 이불뿐 아니라 베개까지 축축이 젖어 있었다.

백탑 아래 쓰러져 있는 나를, 옛 이웃이 발견하고 집으로 기별해 주어 내려왔다고 했다. 사흘째 정신이 오락가락하며 일어나지 못했다는데, 그렇다면 벗들과 선생은 내 꿈속에 다녀간 것이란 말인가. 정신을 잃고 쓰러진 것보다는 꿈이었다는 것이 놀랍고, 꿈에서 깨어난 것이 아쉽기만 하였다. 하긴 담헌 선생이 돌아가신 지도 어느새 십 년의 세월이 흘렀으니, 꿈이었을 수밖에. 그러고 보니 그때가 선생의 나이 쉰셋, 바로 지금의 내 나이였다.

"할아버지, 얼른 일어나셔요. 여섯 살이 되면 제가 글공부할 책을 만들어 준다고 하셨잖아요."

아비 옆에서 근심스러운 표정으로 손자 규경이 말했다. 여섯 살이 되면 공부할 책을 만들어 준다고 약속하였는데, 잊지 않고 해가 바뀌자마자 졸랐다. 그날따라 어린 손자의 반듯한 이마에서, 세상을 떠난 어머니의 모습이 보였다. 가난과 병 때문에 오래전에 잃은 어린 딸의 모습도 얼핏 스쳤다.

의원이 다녀갔는데 몸이 많이 쇠약해진 데다가 감기가 겹쳐 왔을 뿐, 큰 병은 아니라 했다 한다. 이제 나도 늙었는가. 고작 감기에 며칠째 일어나지도 못하고 집안사람들에게 걱정을 끼치다니. 일어나 보려 하였으나, 나의 의지와 몸을 연결하는 신경줄이 끊어져 버렸는지 영 말을 듣지 않는다. 내 것이 아닌 듯 낯설기만 한 몸은 여전히 그 자리에 무겁게 누워 있다.

얼마나 시간이 흘렀을까?

얼굴에 와 닿는 따스한 기운에 눈을 떴다. 이마에서 손을 내려놓는 어린 손자의 근심스러운 얼굴이 눈앞에 다가왔다. 자그마한 손의 따스한 기운이 아직도 이마에 남아 있다. 눈을 뜨자 아이의 얼굴에 반가움이 활짝 피어나면서도, 얼핏 눈에 물기가 어렸다.

"할아버지……."

아이는 말을 잊지 못했다. 저렇게 여린 목이 메는 걸 보면, 내가 정신없이 누워서 보낸 시간이 또다시 한참 흘렀나 보다. 추적추적 내리던 비는 어느새 그치고, 창호지 문을 밀고 들어온 햇살이 아이의 등 뒤에서 밝게 빛나고 있었다.

"규경아, 가까이 오너라."

한 살을 더 먹고부터 부쩍 의젓하게 군다고, 아비인 광규는 대견스럽게 이야기하였다. 의젓해 보이려 애를 썼지만, 다부진 입술 주변의 솜털은 아직은 어쩔 수 없는 아이였다.

어릴 때부터 내 무릎 위에 앉아, 내가 보는 책을 따라 읽는 시늉을 하던 아이였다. 좀 더 커서는 커다랗게 쓰인 제목 글씨라도 알려고 애를 썼다. 물어볼 때마다 별생각 없이 대답해 주었는데, 그렇게 하나둘 머릿속에 들어간 글자가 꽤 되었던 모양이다. 내가 필요한 책을, 책꽂이에서 찾아오는 심부름도 곧잘 하였다.

아버님은 규경이가 어릴 적 내 모습이며 성품을 영락없이 빼닮았다는 말씀을 자주 하셨다. 나도 그렇게 느꼈다. 햇살 환한 방 안에 가만히 앉아 책을 들여다보거나 배운 글자를 익히고 있는 모습을 보노라면, 오십여 년 전의 세월을 거슬러 올라가 어린 내가 방 안에 앉아 있는 듯한 착각이 들기도 했다.

손자는 아들과는 또 달랐다. 아들이 어렸을 때는 나도 아직 젊은 아비라 그랬는지, 나만의 고민이 많았다. 나의 눈길은 자주 내 속으로 향해 있거나, 집 울타리를 넘어 세상으로 향했다. 그래서 아이가 자라는 것을 가까이에서 들여다보지 못했다.

그러나 손자를 대하는 느낌은 좀 달랐다. 이 세상에서 이 아이의 시간과 내 시간이 서로 교차해 만나는 기간은 그리 길지 않을 것이나, 그런 아쉬움이 있어서인지 핏줄의 끌림을 더욱 강하게 느꼈다. 손자를 볼 때마다 나의 눈길은 자연스레 그 아이 뒤를 좇아갔다. 내가 알지 못할 시간 속에서 살아갈 그 아이의 삶을 미리부터 충분히 축복해 주고도 싶었다. 손자와 같은 시간을 보내며 살아갈 다른 모든 아이들에게도 마찬가지였다.

"어서 네 책을 만들어 주어야 할 텐데……."

"그보다도 얼른 자리에서 일어나셔요. 이젠 날도 많이 풀리고, 해도 많이 길어졌어요. 다 나으시면 저랑 같이 백탑을 만나러 가요."

어린아이답지 않게 이야기가 자상했다. 내가 혼자 백탑을 찾아갔다가 이렇게 자리에 눕게 되자 마음이 쓰였나 보다.

그러고 보니 자리에서 일어나면 아이와 할 일이 많다. 본격적으로 글공부의 첫걸음을 내딛는 아이에게 내 손으로 책을 만들어 주고 싶고, 백탑에게도 데리고 가고 싶다. 백탑에게 내 손자를 보여 주고 싶다. 제 몸 위를 마구 오르내리는 아이들을 조금도 꺼려 하지 않는 백탑은, 이 아이를 반갑게 맞이해 줄 것이다.

일어나 보려 하였으나, 마음과는 달리 몸은 여전히 말을 듣지 않는다. 이달 18일에 입궐한 것이 마지막인데, 오늘이 벌써 24일이라 한다. 대궐 안에는 쌓인 일들이 가득하고 전하께서 걱정하실 터인데. 혹 언짢아하시지나 않을지.

꿈인 듯 생시인 듯 몽롱한 가운데 백탑과 벗들의 모습이 보이고, 간혹 정신을 차리면 근심스러운 아들의 얼굴과 손자의 얼굴이 보인다. 열이 오르내리면서 그렇게 꿈과 생시를 몇 차례나 오갔는지 모른다. 아, 정말이지 이제 나도 늙었는가, 감기가 쉬이 낫지를 않는다.

활동

1. 조선 시대에는 첩이 낳은 자식이나 그 후손에 대한 사회적 차별이 심했습니다. 작품의 내용을 참고하여 유교 도덕의 기본이 되는 '오륜'의 항목을 빈칸에 적고, 그 의미를 생각해 괄호 안을 채워 봅시다.

| 오륜 | 사전적 의미 | 서자 이덕무에게 어떤 의미일까 |
|---|---|---|
| 군신유의(君臣有義) | 임금과 신하 사이에는 의리가 있어야 한다. | 벼슬길에 나아가지 못하기에 임금을 대할 기회가 없어서 무의미함. |
| | (　　)와 (　　) 사이에는 친근함이 있어야 한다. | 서자의 처지를 물려줄 수밖에 없는 관계이기에 서로 (　　)을 느낌. |
| | (　　)와 (　　) 사이에는 분별이 있어야 한다. | 서출의 피가 흐르는 (　　)의 처지가 서자 이덕무와 별반 다르지 않음. |
| | (　　)와 (　　) 사이에는 차례가 있어야 한다. | 서자 출신은 나이가 많아도 본가 아이에게 (　　)을 써서 말해야 하니 무의미함. |
| | (　　)와 (　　) 사이에는 믿음이 있어야 한다. | 마음에 맞는 (　　)들을 통해 사람다운 대접을 받고, 살아가는 의미를 찾음. |

2. 다음은 작품에 나타난 '나'와 친하게 지낸 인물들의 특징입니다. 이 중에서 한 인물을 택해, 실제 역사 속에서 그가 어떤 삶을 살았는지 조사해 봅시다.

| 이름 | 신분 | 특징 및 취미 |
|---|---|---|
| '나'(이덕무) | 서자 | 가난함. 취미는 독서, 글쓰기, 윤회매 만들기. |
| 유득공 | 서자 | 환한 웃음. 취미는 여행, 기록. |
| 박지원 | 사대부 집안 | 신분이나 위치보다 사람의 됨됨이를 중시함. |
| 홍대용 | 사대부 집안 | 몸집이 작고 낮은 음성. 과학, 수학에 능함. |
| 백동수 | 서자 | 이덕무의 처남. 다부진 몸집에 무예에 능함. |
| 박제가 | 서자 | 거침없는 언행을 보이나 속은 여림. 치국에 관심을 둠. |
| 이서구 | 사대부 집안 | 연암 박지원 집에 자주 드나듦. |
| 서상수 | 서자 | 이덕무의 서재를 지을 때 경제적으로 도움을 줌. |

3. 이 작품을 통해 알게 된 좋은 벗의 덕목을 두 가지 이상 뽑아 보고, 주변에 이런 친구가 있는지 떠올려 봅시다.

좋은 벗의 덕목:

내가 떠올린 친구:

4. '책만 보는 바보'라는 제목은 이덕무가 자신을 주인공으로 하여 쓴 『간서치전』에서 따온 말입니다. 단어의 뜻을 참고하여 이덕무처럼 자신의 특성과 취향을 소개하는 글의 제목을 생각해 봅시다.

**간서치(看書癡)**
책을 읽는 데만 열중하거나 책만 읽어서 세상 물정에 어두운 사람.

## 작품 출처

공선복　「명랑한 밤길」, 『명랑한 밤길』, 창비 2007.

김애란　「노찬성과 에반」, 『바깥은 여름』, 문학동네 2017.

김연수　「뉴욕제과점」, 『내가 아직 아이였을 때』, 문학동네 2002.

김중혁　「엇박자 D」, 『악기들의 도서관』, 문학동네 2008.

서유미　「저건 사람도 아니다」, 『당분간 인간』, 창비 2012.

안소영　「책만 보는 바보」, 『책만 보는 바보』, 보림 2005.

## 수록 교과서 보기

| 지은이 | 작품명 | 수록 교과서 |
|---|---|---|
| 공선옥 | 명랑한 밤길 | 미래엔(신유식) 2 |
| 김애란 | 노찬성과 에반 | 창비교육(최원식) 2 |
| 김연수 | 뉴욕제과점 | 천재(김수학) 2 |
| 김중혁 | 엇박자 D | 비상(강호영) 1 |
| 서유미 | 저건 사람도 아니다 | 비상(강호영) 2,<br>천재(김수학) 2 |
| 안소영 | 책만 보는 바보 | 미래엔(신유식) 2 |